致 生命中的每一段回憶

序

回憶的狡猾，你又怎會不明白？

有時候我會想，大概「回憶」就是班中那位神憎鬼厭的傢伙。

他是淘氣的，你越是說不，他越是要做，甚至是你刻意貼上「非請勿進」的房間，他也要硬闖搗亂一番，再剩下你一人收拾殘局；

他是愛作對的，你叫他謹記的事，他總會掩著雙耳的拋諸腦後，你勸他忘記的事，他又會刻意深刻，再把某些情節某張臉放大列印貼於壁報板上，再嘲笑你連親手撕掉的勇氣也缺乏；

他是神出鬼沒的，就在你以為他退學離校了，他又會忽然探頭向你揮手，或是當你正要上床休息時，他便會用盡方法騷擾你清夢，令你難眠過後再失眠，再帶著累透的身心面對這荒涼的世界。

回憶，就是如此的狡猾。

他是腦海的滋事分子，他是心房的計時炸彈，他是頑劣，他是俏皮，他是橫蠻，他是反叛……但如同每一位班中神憎鬼厭的傢伙，他寂寞，他自卑，他無助，他恐懼……而他的頑皮就是為了得到你的關注，他的淘氣，就是因為缺乏愛。

回憶，就是如此的狡猾，同時，它需要你的關注，你的愛。

瑣碎的，或許我們早已忘記；但揮之不去的，不管我們怎樣逃避，它也會在未來的前方刻骨銘記。

童年的疤，青春的傷，成年的痛；
舊情的遺憾，友人的擦肩，父母的悔恨；
他的一句珍重，他的一聲抱歉，他的一語不發，他的有口難言；
曾經的美好，逝去的風光，彼此的承諾，集體的創傷。

這一切一切，你和我其實也沒有忘記，甚至，根本不可能說忘便不記。

這本書，用回憶作墨，用痛楚作筆，便注定了在字裡行間令你觸墨傷情，於上文下理教你患得患失。

可能，看到某些篇章時你會驀然流淚，

可能，某些情節會勾起你那段敏感的回憶，

可能，某些對白會令你代入其中，再浮現了某張面紅，某把聲音，某種逝去⋯⋯

但是，這些那些也統統不要緊，懂得流淚懂得痛，是知覺，是提醒，也是讓自己復原的一種面對。

不 要 麻 木，是我們一早說好的承諾，你還記得嗎？

這趟屬於回憶的旅程，祝願你無拘束的暢遊，就用早前我於社交平台向各位收集的「一句至今回想仍會心痛的說話」作序幕，一句又一句，帶領你到回憶去。

　　來！痛的回憶，我和你一起面對：

你不是太能令人放心

怎

愛著你的日子是最難過的時候

我的女兒分

甚麼你要在我最喜歡你的時候選擇離

我對你好失望

做朋友相處得開心便繼續不開心便不要

我不想

我不愛你了，
我努力愛過，
但就是不愛。

對你越來越

你下面

不是我這麼多女朋友入面

不喜歡的一個

終於明白為甚麼你以前對我這麼

兒子，你為甚麼要喜歡男生？你有想過自己不正常嗎？有考慮過要看醫生嗎？

不應該存在

在這個世界上　我不知

又肥了　　我覺得沒以前那麼愛你

我做過最蠢的事情是誕下了你

我一半遺產

You are
nothing
at all

你好煩

，連你的聲音也不想聽到

望　　你的小朋友講大話

同事，給我兩個名字

，因為我現在都對我另一半這麼

你不是我愛的那一個星座，對不起

我愛不愛你

不要煩我，我很大壓力　　　　　　　　要掩著良心嘅

請你討厭我，
那麼你就不會留戀我　　　　　其實我

你變了　　　　你離

如果我生成你這樣，　　對不起我

我會自殺　　　　我還想你

失去，是成長人

以為你一定可以

能者多勞　　你有

不然的話，早走早著

我們不適合

和你不是太熟

我覺得你沒有想過我

你剛說的打氣說話，一點用也沒有，我沒有開心起來

對大家都好

我不知道你喜歡我甚麼

留點尊嚴，不要令我討厭你

記得忘記我

愛你

不如你到外國讀書吧

但我已有男朋友　　我是認真的

須學習的一課

本來同你不熟，亦不想同你熟

甚麼資格出聲

我沒有義務理所當然去接受你的情

我也不想誕下你，你只是一個意外　　　做人不

可能我們
暫時不要合作和聯絡了

再見

我愛你的情意，
如同在機場一樣，　　在我
相遇相識後，　　　　一個
卻錯過相愛

我以為我們可以一直

多謝你陪我放下他　　　　　　　　可召

你浪費了兩年時間去讀asso

算了

I didn'

世界沒

甚麼你這麼蠢

我沒有喜歡的人

我們沒有怪責你，你也不要太自責

為甚麼不再做好一些

如果我死了，要找一個好人

10年後見

我不需要你

放棄吧，你不會成功的

太認真

不起

你就是一個麻煩，

你值得一個更好的人，但那不是

，但是我做不到

要出去，我怕你不能回來，

sk for it

求求你

你，依舊會前進

你竟然會這樣問我

你有勇氣便跳樓死

子生活下去

算了吧

我也想可以喜歡

這段關係由一開始已經是錯

不要

我不知道 很多事情只是

你也曾經是我生命中一個重要的人

不要再做無謂的事，你這麼努

我覺得你現在過得一點也

原來你有努力

你不用再發夢了，因為你根本不是他們想要的人
我的答案不是逃避你，是拒絕你

麻煩你以

你的抗壓能力未免太低

你很負面，和你一起很大壓　　我已對你沒有感覺

你開心點可以嗎？

原來那些都已經是曾經

我説你想自殺來引我注意力

，但我已經不想

不要以為自己

堅持為了什麼？　很了解我

快樂

？　一生一世

好老土

後不要再找我

我們還是做回朋友吧

奈何我是我

有時候，總想當一個偉大的人，做一些轟烈的事。但奈何我就是我，就是平庸不過的一個我。

「怎麼睡極也是這麼的累？」我躺在床上，迷糊的自己想。按一下枕頭旁邊的手提電話，沒有反應，應該是昨夜播放著韓劇時沒電自動關上的。那套韓劇連載至第 14 集還是 13 集？現在是下午兩時還是傍晚八時？其實也沒甚麼重要。韓劇不外乎是消磨時間，而時間就是用來揮霍的。特別，是我這種人的時間。

今天應該是我的幸運日，因為赤腳走出房間時，竟然沒有被地上的雜物絆倒，剛才的雙腿也沒有被上個月摔破的玻璃杯碎片割傷。可能你會暗笑，這樣算甚麼的好運？

我會告訴你，絆倒扭傷，割損流血，問題不是要承受痛楚，反正我早已失去了痛的知覺；受傷最大的問題是，要花金錢去治理，再嚴重一點，便要出外求醫，要花人力花資源去治理我，去治理這麼的一個我。

所以說，沒有打擾旁人，沒有浪費金銀，已是一種萬幸。況且，活著到底是不幸還是幸運，我也不想回答。

把開了一整夜的電視關上，嗓子乾乾的，便走到廚房想喝杯水。如我所料，鋅盤內的所有杯子也被廚餘和油漬覆蓋，異味都是濃烈的，但對我這種人來說就是無關痛癢，習慣了便不成一個問題。

習慣了墮落，失重的感覺也可令你沉睡；習慣了寂寞，友人的問候更顯多此一舉；習慣了荒謬，七月的初雪更可為城內蒼白的臉添上點點的黑。習慣了便不鬧了，習慣了便不痛了，這是上一代太公太婆教我的事。

沒有乾淨的杯子喝水，算了，反正瓶內除了灰塵，就連一滴水也沒有，還是乾脆到洗手間漱個口，洗個臉，讓水分沾濕口腔和咽喉後，便不會感到口渴了。

鏡中的自己連我也不想多看一眼，甚至和他的眼神接觸多於三秒，連我也會瞧不起他。披頭散髮，滿面油光，腮邊的鬍子也留了四個月了，不……應該說是「沒有打理四個月了」，根本就不存在「留」的意思。

而四個月，剛好正是我被前公司解僱後失業了的時間。「不好意思，這段時間公司要開源節流，所以，別無他選下便作了這個艱難的決定。但你這麼能幹，一定可以找到新工作的，我對你有信心！」

　　哈哈，多麼冠冕堂皇，那麼感人肺腑的說話，「能幹」卻要被放棄，看來前公司對我就如我對我的鬍子一樣，根本不存在「留」的意思。

　　始終「留」或「走」也不一定是個人的選擇，但不合情理的被迫走，或多或少也會帶點心有不甘。

　　而這四個月，真巧，也剛好是我和前女友分手的時間。「對不起，可能是我們淡了，或是我們其中一方變了……我們好像越走越遠。看來，我們還是休息一下，分開一下會比較好。」

　　淡了，是否因為你對我心淡了？
　　變了，是否因為有人令你變心了？
　　大家越走越遠了，是否因為你想要的我也不能再給你了？

　　也許，分手的主因大家也清楚，巧合遇上巧合，哪有女生會抵押自己的下半生在如我般的這種人身上？不把真相說太白，大概也是一種分手的禮貌。

難過也要吃，吃飽了，即使心內依然難過，但至少有力氣去做些甚麼來分散自己對回憶的注意力吧。看來，是時候吃今天的第一餐，或是最後一餐了。

　　把外賣的應用程式開啟，看看有沒有甚麼優惠。算了，這段時間很多地方外賣自取也有八折，還是親自到樓下的茶餐廳外購較為划算。

　　我敢說，活在這個城市的人也是不快樂的。我可以打賭，即使此刻把眾人的口罩都拿掉，你也不可能看到任何人的微笑。

　　拮据的人生，密雲的天色，沉重的氣壓，粉飾的太平，彷彿連單純快樂也是罪。病入膏肓索性放棄治療，氣絕了會否重生乃是未知數，但魂斷了至少可以嚐到真正的自由，試問口罩下的呼吸已如此的侷促，在演習缺氧的氛圍下，誰還有力氣擠出笑容，甚至為逝去的快樂嗚呼哀哉？

　　由大廈大堂走到行人天橋，途經公園，小學，便利店，安全島；沿路上看到的一切，不知為何，也分外的討厭。

　　那小學生吃著薯片弄得滿手味精的骯髒，很討厭；
　　那衣著時髦的女士左手手提包上的炫耀，很討厭；
　　那開篷跑車司機戴著墨鏡看著紅燈的神氣，很討厭；
　　那區議員帶著餅糭微笑問候老人家的偽善，很討厭；
　　那對痴男怨女看著對方如看到永恆的幼稚，很討厭；

那報紙檔內各大報章頭條標題的無稽，很討厭；
還有，飛鳥的鳴，車輛的鞍，風吹的颼，很討厭；
天上的灰，落葉的黃，路燈的紅，很討厭；
光下的影，呼後的吸，即逝的秒，很討厭。
這個世界的所有，也統統討厭得要命。

是世界變了樣，還是我們的瞳孔被加入了濾鏡，怎麼這個城市會變得如此的討厭？

「先生，吃甚麼？」坐在茶餐廳收銀處的年輕男子一邊說，一邊替我量度體溫。

「還有午餐嗎？」我問。

「36.4 度，無燒。」他例行的回答，再指著牆上的手寫餐單說：「D 餐賣光了，其他一律 $40，包例湯，包飲品，凍飲加兩蚊。」

我的視線投放在牆上，卻又瞬間被旁邊的招聘海報轉移了。

「你們……」我壓下聲線的問：「你們餐廳請人嗎？」

那位男子抬起頭，輕輕的打量了我一下，再繼續低著頭點算櫃檯上的鈔票，再說：「嗯，洗碗工，時薪 $42，包伙食，一星期放一日。」

我聽後猶豫了數秒，問道：「那麼⋯⋯現在可以應徵嗎？」

　　他把另一疊 $100 紙放進收銀機內，再向著廚房的方向提聲說：「老闆！這位先生想應徵清潔。」

　　這個舉動令我有點不知所措，在我還來不及反應之際，一名穿著白色背心，口罩掉到鼻頭位置的中年男士從廚房探頭出來，皺著眉頭對我說：「小伙子，應徵清潔嗎？之前有沒有相關經驗？」

　　這時候，彷彿整間茶餐廳的顧客也在看著我，怎麼了？他們在想些甚麼嗎？他在嘲笑我嗎？我不知道，外科口罩把他的嘴角遮掩了；她在冷言嗎？我不知道，透明屏障把她的唇語迷糊了。

　　「我⋯⋯我⋯⋯」我低著頭，眼睛稍稍向上嘗試看著那位中年男士說：「我是幫我的媽媽問的，我回去跟她說，再告訴你。」

　　他聽後「哼」了一聲，再把口罩稍為拉高一點後便走回廚房。

　　「那麼，」坐在收銀處的男子不耐煩的問：「先生你還要吃午餐嗎？」

　　「B餐，熱奶茶。」我隨意地說。

他揚聲說：「B 餐，熱奶茶，行街。」再把單據撕出來給我說：「$40，謝謝。」

我從褲袋拿出了一堆硬幣，點算一下，再把一個 $10，四個 $5，和五個 $2 交給他說：「$40，你數數看。」

他用雙手捧著硬幣，一面數，一面自言自語的說：「真好，碰巧不夠硬幣。」

那一刻，我也不知道是甚麼原因，反正就是我的神經線彷彿被旱天雷擊中般，我目露凶光的看著那位男子，再咆哮：「你說甚麼？現在我沒有給你錢嗎？」

他明顯被我的舉動給嚇到了，不止是他，其他顧客也目瞪口呆的看著我，那一秒，整間餐廳也很靜，音頻只剩下電視播放著的新聞提要，以及我不由自主的喘氣聲。

他放下了那 $40 硬幣，嘗試解釋說：「先生，你冷靜一點⋯⋯我只是說我這裡碰巧不夠硬幣，就是這麼簡單，並沒有任何冒犯或是⋯⋯」

「你說！硬幣不是錢嗎？」我繼續滿肚怒火的說：「現在⋯⋯你現在是瞧不起我嗎？」

他張開了口，神情是一張彷彿被冤枉了的模樣，再無奈的說：「先生，我真的沒有這個意思，我只是單純地，

直接地，誠實地說出我這裡真的是不夠硬幣，而你就碰巧地，剛好地，巧合地給了我一些硬幣。就是這麼簡單。」說罷，他按鍵打開了收銀機，給我看一看內裡只剩餘數個硬幣的內格。

那位男士看著顧客，顧客們看著我，我看著收銀機內的空洞，連同著我眼神內的空洞，大家也沒有說話，大家也不懂得接下去。

「B餐，熱奶茶，行街。」剛剛在廚房工作的老闆，攜著膠袋內的飯盒拿到我的跟前說：「先生，在這段時間沒有人是真的快樂的，但請你也不要把你的情緒發洩在我的員工上。這裡沒有人瞧不起你，希望先生你，也不要瞧不起你自己。」他提起了我的午餐，再放在我的眼前說：「謝謝惠顧。」然後，便調整了一下口罩，走回背後的廚房去。

我拿著膠袋不哼一聲的步出餐廳離開時，並沒有再和任何人交換過任何的眼神。

這個城市，真的討厭得要命。

我急步的往回家的方向跑，一面走，淚水不期然的逆著風流下。我沒有理會，這刻我只想回家，我只想瞬間回到家裡，因為在那裡不會再有人譏笑我，不會再有人瞧不起我，不會再有人逼迫我去面對這個世界，去面對這個討厭的世界。

「嘭！」我把大門關上，內心也隨即平穩下來了。

門外是世界，但門內卻是能讓我喘息的宇宙。我知道，那些德高望重的，有父母庇蔭的，平步青雲的成功人士，若然從門縫看到我頹廢消極的模樣，大概也會搖頭嘆氣，再拋下一句「逃避不是辦法」來凸顯自己的積極非凡人生。我想說，有能力的，誰不想去面對？能解決的，誰會想逃避？「逃避不是辦法」，但世上有多少在泥濘掙扎求存的人，有辦法不去逃避？

脫下口罩，掛於窗邊留待明天重用，沾濕兩手，擠出稀釋了的洗手液循例消毒。

打開飯盒，發泡膠的倒汗水把白飯弄濕了，旁邊的多士又乾又硬，熱奶茶在我奔跑回家時已翻瀉了一半，剩餘的也放涼了。

這樣的一個下午，這樣的一個我，吃著這樣的一個午餐。

抖顫的唇齒咀嚼著無味的質感，不知何故，很想無顧慮的大哭一場。我想著剛剛於茶餐廳失儀的自己，想著活到這個年紀依然一事無成的自己，想起了被辜負的父母，想起了沒面目聯絡的舊友，想到了數個月前為事業拼搏的自己，想到了數個月前為愛情投入的自己⋯⋯

然後，忽然來到了這一天的這一秒，我發現自己甚麼也沒有了，除了是那些教人痛苦卻逝去了的回憶。

　　其實，你可能不知道，甚至你根本不在乎，

　　但是……我真的有努力過。

　　我有嘗試迫自己堅強，迫自己振作，但是……我……我真的做不到。我每一天其實也很害怕，這種絕望的感覺很可怕，每一日也很迷惘，每一步也很無力，我也不知道自己可以撐得多久，我很累，我很辛苦，我很不甘心。

　　對，我沒有其他同學般聰敏，但至少我肯用勤奮搭救；對，我沒有其他同事般圓滑，但至少我腳踏實地的耕耘；對，我沒有其他男孩般吸引，但至少我對愛情是專一和真誠。但是，彷彿統統也不再重要，統統也是我一廂情願，統統也是好心得惡報。

　　我已經沒力氣解釋了，哪怕世人會對我如何指責，我也無心抗辯了，不管你相信與否，我只想說一句：我真的有努力過，真的，真的有努力過。

　　「叮噹。」手提電話傳來了聲響。

　　我吞下了口中的多士，抹掉臉頰上的淚痕，再模糊的看著屏幕，焦點聚焦後，我看到一則通知，上面簡單的寫了一句：「你有一份工作邀請」。

我疑惑的看著這則通知，心想到底是惡作劇還是產品廣告？但在別無選項的情況下，我只好按下僅有的「確定」鍵，再期待它的消失。

　　3秒過後，一則不尋常的招聘詳情出現了在屏幕上，說是「不尋常」，只因我從來也未聽聞過有這樣的一種工作。

　　尋常不過的一天，埋藏著這不尋常的伏線：

　　「回憶維修師」。

one

黑白交響樂

第一章 |

黑白交響樂

「滴，滴，滴，滴……」

牆上掛著的大型時鐘有規律的發著這種擾人的聲音，彷彿是告訴著世人時間存在的重要性。

若然你的人生裡很少聽到這種聲音，那麼我應該要恭喜你，因為這代表了你有著一些比發呆更為重要的事情要處理吧，只有我這種人，沒有人生目標的人，才會常常把心神被迫放於這滴答滴答上。

在家中，我絕不會添置這種秒針每動一下，便會發出一下「滴」聲音的鬧鐘。除了惹人心煩外，更重要的原因是，一個人在睡房與這種音頻同眠，會更感空間內的寂寞感，還有，我要如何的把時間揮霍，也輪不到時分針來給我控訴。

「滴，滴，滴，滴⋯⋯」

在等候的時間，就只有這種聲音伴著不安的我。

由口齒還未伶俐開始，我們已被迫放進大大小小的面試戰場內，入學面試，升中面試，大學面試，工作面試⋯⋯我們也要使盡渾身解數，用最短的時間成為別人喜歡的模樣，說一些不代表自己心聲的偽言去換取對方的賞識，再量化一生的成就作為與他人比較的單位，那些真得嚇人的，感情用事的，未能量化的⋯⋯也請在面試室前止步。然後，我們的人生就被那 3 分鐘定義了，我們的功過就被白紙黑字的印於履歷上，那麼，我們獨有的性格呢？還有我們那努力的過程呢？對不起，履歷篇幅有限，人力資源部並沒有額外資源去探討。

面試，不過是一場精於騙人卻又甘於被騙的過程吧。或許，在成人的世界裡太真太深的也不合時宜，統統也需「回家等通知」。

「滴，滴，滴……」

時間一分一秒向前，我的心跳卻位於原地急跳。到底，這是怎樣的一份工作？我能勝任嗎？房間內到底有誰在等待著我？他會喜歡我身穿的黑色暗紋恤衫嗎？他會留意到我的卡其色長褲上，右邊大腿位置被今早的熱奶茶弄髒的茶漬嗎？還記得舊同事常常說，我穿起這套衣物時，總是分外的神氣，額外的自信，不過，這已經是那時候的事了，而那個……已經是那時候的我了。

這雙四個月沒穿過的皮鞋，擱置了良久，鞋跟好像有點蝕，房內的人會瞧不起它的主人嗎？儘管是有點破損，但我就是捨不得把它棄掉，因為，這是她送給我的一對皮鞋。若然有瑕疵有損壞便要立即被放棄，這也未免太殘忍了吧。用久了是有感情的，哪怕是一人懷念，卻要我絕情的說不要便不要，我也真的做不了。

有些人的出現，總可令你成為最好的人；但他們也不一定是能伴你走到最遠的人。甚至，當他們離開了，你的「最好」也會伴隨他們瞬間離開。原來，一個人的離開，也會帶走一部分的你。

「下一位，可以進來了。」

我被房內的叫喊聲帶回現在，再立刻站起來深呼吸一口氣，便走到純白色的房門前，敲門，步進。

「你好，歡迎你，請過來隨便坐。」

踏進房間內，房門便自動的關上。

房內的裝潢簡單得出奇，四面的牆壁連同天花和地板，也是白得發亮的純白，或許是房間的燈光過於充裕，不知為何，竟有一種看不見盡頭的感覺。彷彿這個空間內，是不存在著「空間」的這個概念。房間中央天花板的位置，懸掛著一個菱形錐體，透明的，我想應該是設計比較前衛的吊燈吧。

而我的正前方，擺放了一張純白色流線型的工作檯，檯上放了一些文具和紙張，四隻檯腳是用玻璃造成的，配合房內的白光，令檯面有一種懸浮在半空的錯覺；工作檯的前後方各放了一張白色梳化椅，那種弧度給人一種很舒適的感覺，彷彿坐了上去之後，便可以忘卻周遭的煩憂。而工作檯的右方，坐著一位中年男士，翹著腳的面帶微笑看著我。

「再一次歡迎你。」他輕輕把背對著我的椅子推前，示意我在該處坐下。我帶點不確定的往前步近，再緩緩的坐下，如我所料，這張梳化椅也未免太舒適了吧。

那位男士傾側身體靠近了我，直視著我的雙眼，而我卻不由自主的逃避了他的眼神。這位先生穿著整套的白色西裝，連同襪子和皮鞋也是純白色的。他左手戴著一隻白

色腕錶，但仔細一看，錶面是沒有時分針的，只有 12 個刻度各佔一方的保持社交距離。還有，當他靠近我時，我聞到一陣濃烈的古龍水味，如果沒有猜錯，應該是檀木的味道。

「禮貌上，我應該先向你介紹一下自己。」他依舊坐在桌上，挺起胸膛的跟我說：「你可以稱呼我作 Mory，是一位回憶維修師。關於工作的細則，待會兒我們再慢慢探討吧。我們剛剛見面，我想先了解你多一點，可以簡單介紹一下自己嗎？」

我的雙手輕輕的捏了膝蓋一下，或許是太久沒有被面試的經歷，我只好強裝鎮定的說出昨晚背誦好的自我介紹：「我叫陳廸均，英文名字是 Joe，今年 29 歲。我是一位……我是一位樂觀積極的人，還有，還有……」糟糕！我竟然完全忘記了稿子的內容，當下的頭腦，正如這房間般一片空白。

Mory 看著我笑了一笑，再從桌子站下來，走到我面前的椅子上坐下，雙手在翻閱桌上的文件。他看一看我，再說：「繼續。」

我回過神來，繼續嘗試勉強說出腦海中瑣碎凋零的文字：「我是一位樂觀積極的人……此外，我還是……」

「真的是樂觀積極的人，又怎會跟別人說自己樂觀積極呢？」Mory 微笑著說，再從文件中抽出一張紙，連同他在西裝袋口拿出來的鋼筆，放於我跟前說：「不要緊，說不出口的，便寫出來吧。」

眼前的，是一張入職表格，我尷尬的整理一下後尾枕的頭髮，再拿起他的鋼筆，認真的填寫這份表格。

Mory 從桌上拿起了一個細小的遙控器，再對準天花上的菱形錐體按了一下，悅耳的鋼琴聲從中傳出，他亦把雙手放於頭後，閉上雙眼，靜靜的等待我的答案。

這個世界，彷彿就是由黑白鍵交織而成的，總有些人會幸福一點，他們總能站於白色的琴鍵上載歌載舞；然後，亦總有些人會倒楣一點，就如我般，只可在黑影中與黑共舞，羨慕白的光，再奏出無人問津的休止符。我偷看著眼前一身純白的他，再反觀自己身上的黑色襯衫，一白一黑，同一空間內對比出兩個截然不同的世界。

「嗯……可以了。」我輕聲的說，再把紙和筆稍稍推前。Mory 隨即睜開雙眼，這時我才意識到他的雙眼也是透著光的。他拿起了填妥好的表格，認真的閱讀著。

「想不到你的字寫得挺美的。」他點著頭說。

我靦腆的回應：「還好吧，是你的筆好寫。」

他轉一轉手上的鋼筆，再依舊看著手上的紙張說：「對吧？這枝筆我也用了很多年了，是用玫瑰木做的，現在想買也買不到了。」

我點著頭，卻沒有特別的回應。我早說了，總有些人是幸福點的，當他們抱怨著有些東西「想買也買不到」時，我卻每天面對著「想買也買不起」的煩惱。

Mory 拿著筆，筆尖於表格上一行一行的往下掃，再向我問道：「上一份工作於四個月前完結了，為甚麼？」

「因為我想休息一下，想找一些新的挑戰。」我按著腦中的標準答案，回應這條早已預料到的問題。

「明白。婚姻狀況是單身，沒有拍拖嗎？」

「沒有，這個階段我想專心工作。」我說。

「那麼，為甚麼你會從舊公司辭職？你不是想專心工作嗎？」

「……這個，這個是因為……」我有點措手不及，因為這是一條沒有預料到的問題。

「不要緊，人生有些時候總會有點矛盾，對吧？」

他帶著笑容，替我回答，或者，他是有意識的替我圓謊。

「嗯。」

「Joe，大致上也沒有甚麼大問題。唯一的問題是，為甚麼這一項問題的答案你沒有填寫？」他把表格放於我面前，再看著我說：「你的夢想怎麼沒有答案的？」

我看著夢想旁懸空了的橫線，再裝作自然的回答：「哦，沒甚麼，只是我沒有夢想的。」

Mory 笑了一笑，再向著我說：「怎會沒有？每個人也有夢想的。」

我儘量擠出笑容說：「真的沒有，人大了已沒有以前般不切實際了。這刻我只想儘快找到工作就是了。」

「沒有以前般不切實際，」他撫摸著下巴，帶著懷疑的眼神追問：「即是說，以前的你是有夢想的，對吧？」

我沒有回應，只是沉默的坐在原位。

「那麼，你以前的夢想是甚麼？」他繼續追問。

「我記不起了。」我了斷的回答。

「怎會？這麼重要的事又怎會輕易忘記？」

「我真的忘記了。況且，這又有甚麼重要？」

他笑說：「至少，那時候有夢想的你，會比今天的你更有生命力，更有活著的氣息吧。」

我繼續保持沉默，而背上的微燙大概也足以證明我此刻的不自在。

「來，快一點告訴我。」Mory 鍥而不捨的說。

「我⋯⋯我真的忘記了。」我堅持的拒絕。

「你沒有忘記的，快說。」

「我真的⋯⋯我真的是沒有夢想。」

「看，你前言不對後語了。你剛剛才說是忘記了，現在卻說是沒有。」

「我⋯⋯我⋯⋯」

「試試回想你的過去，回想你的童年，回想曾經的回憶，大概你就⋯⋯」

「夠了！」我激動的站了起來，提聲向著 Mory 說。但他卻平和的看著我，臉上出奇地沒有一點被我的舉動嚇到了的痕跡。

　　「對不起……」我尷尬的低下頭，再輕輕的說：「我想，我不適合這份工作，對不起。」說罷，便離開了座位，向著房門的方向試圖離開。

　　「對不起？到底這句『對不起』，是對不起我，還是對不起你自己，甚至，是你的過去？」Mory 的聲音從我的後方傳來，溫柔的，也是堅定的：「當然，你現在可以選擇離開，然後回到屬於你的空間抱怨，逃避，沉淪……這是絕對沒問題的，畢竟這是你的人生，你有權選擇屬於你的路徑。但是，然後呢？明天起床時又繼續重複著昨天的生活嗎？明晚臨睡前又慨嘆人生很難，卻又不去改變甚麼而抱頭進睡嗎？你甘心每天重複著沒意義的生活，然後老來回望時，才驚覺這就是自己的人生嗎？」

　　我雙眼通紅的看著前方，白色的大門是逃生還是逃避？而背後傳來的聲音，到底是噪音還是良音？

　　「人生偶爾墮進低潮，並不代表你就是一個失敗的人，我們每一個人也是跌跌碰碰再站起來的，問題是，你願不願意把自己拾起。Joe，就當是給自己一次機會吧。而你那

句『對不起』也未免太沉重了。」Mory 語重心長的說:「若然感到抱歉是痛苦的,那麼在我們可控制的範圍裡,不去做一些讓自己感到抱歉的選擇,這樣不是更好嗎?」

我依舊的看著大門以及門上的手柄。這一刻,我腦內掠過了很多畫面和聲音,看到了他們,也看到了她,看到了不想面對的人,也看到不敢面對的自己。但是,在眾多的光影與音頻之間,我聽到一把熟悉的聲音從我內心深處穿越所有噪音和雜聲,直闖進我的腦海裡。

那一把聲音是這樣說的:「我不想再這樣了……我想改變。」

我心裡呼了一口氣,再回過頭來,直視著 Mory 的雙眼。他看著我,微笑了,而我亦踏前,拿起桌上的鋼筆,填妥表格上那刻意被遺忘的答案。

我不知道這個決定會為我帶來甚麼,我只知道,這刻的我想為自己負責一次,不後悔的作個決定。

「難怪你的字寫得這麼工整。」Mory 接過表格,帶笑的說:「原來你的夢想是當作家。」

我搔一搔鼻子,再尷尬的說:「嗯……真難為情。」

「哈哈，說出口會難為情的，才算是夢想吧！」他說：「那麼，為甚麼不朝這個目標進發？」

　　「別鬧了，這個地方怎容得下創作的？」我苦笑說：「更何況，身邊人也不是特別支持自己。以前的老師說我的文章只是寫得平平，沒甚麼天分可言；父母更說我的創作是垃圾，所以……所以還是算了吧。」

　　Mory凝望著我的表格點頭，再喃喃自語的說：「看來，你的過去也過得不容易。」

　　我裝作聽不到的看著他，再放下手上的鋼筆。

　　「無論如何，」他掛上微笑看著我說：「你被錄取了，歡迎你的加入。」

　　我帶點驚訝的看著他，略有吞吐的說：「你，你確定真的要聘請我嗎？」

　　「我確定。」他簡潔的回答。

　　「但是……但是，」我仍帶有猶豫的說：「為甚麼是我？」

　　Mory爽朗的笑了一聲，再說：「這條問題通常是公司問求職者的，我還是第一次被問到這條問題。」

我尷尬的以強顏作回應。

「因為，我從你身上看到勇氣。」Mory 說。

「我？」我吃驚的說：「你從我身上看到勇氣？」

「對。」他點著頭說。

「不要說笑了。我哪有勇氣？我剛剛……我剛剛更差點逃走了……」我苦笑著說。

「但是，你最終選擇了回頭哦。」他回應。

我看著 Mory，不懂得回答。

「就在你回頭的一瞬，當你直視著我時，我看到你的勇氣。」Mory 慈祥的說：「你知道為甚麼嗎？」

我搖一搖頭，期待著他的答案。

「因為那一刻的你，選擇了面對你的過去，亦同時選擇了面對自己的未來。能夠同時間把心房的陰影和未知的恐懼一起面對……這不是勇氣，又會是甚麼？」

就是如此鏗鏘的一句，我想，可能其實我沒有想像般懦弱，甚至，還有丁點的勇敢。

「我會努力的。」我說。

「我就知道你會。歡迎你的加入，」Mory 向我伸出手，面帶笑容的說：「回憶維修師，Joe。」

在我和 Mory 握手的一刻，一直播放著的鋼琴音樂也剛巧停播了。

我在想，或許是我錯了，由黑白鍵交織而成的，不是世界，而是我們的人生。偶爾會黑，忽爾會白，而只有白卻沒有黑的樂章，其實，不及黑白共奏的旋律來得動聽和恆久。

人生需要白，原來，也需要黑。

/心態導賞團

你好，歡迎你參與這次的心態導賞團，我是你今天的嚮導，會帶領你參觀不同的園區，遊覽期間請戴好安全帶，全程也記緊安坐原位，以免發生意外。

若然沒有其他問題，那便事不宜遲，我們出發吧！

怎麼了，今天過得還好嗎？不用回答我了，相信這陣子也不是過得太好吧，不然，又怎會突然前來這裡，重溫過去的回憶點滴？

今天也是和以往一樣，只有你一人參團嗎？

噢，抱歉！是我失言了。忘記了這些年來你的園區也是鎖上鐵鍊，不對外開放的，看著園外的圍牆越築越高，難怪近年也沒有人再申請簽證，甚至，是膽敢闖進你的世界吧！

團友，看一看你右手邊，我們到了第一區，是你的快樂回憶。在這裡，四周也是色彩繽紛的，歡迎你隨便拍照，留待將來憑照懷念昔日的美好。可能你會問，為何周遭的

擺設、盆景、植物……也是細小的？那是因為這個區域是留給小孩子的，大人們很少會在這裡逗留，甚至已忘記了這個地方。看著這裡日久失修，我想，可能也很快會被清拆了。

　　小時候，得到了越多便越會快樂；
　　長大後，得到了越多卻越會空虛。
　　越簡單，越快樂，但奈何成長令生活變得不再簡單。

　　往左手邊看一看，是第二區：臉譜樂園。
　　這區域存放著你回憶中遇過的面孔。但聽說這一區不斷在萎縮著，無他的，曾經的友誼敵不過改變而各散東西；所謂的愛情越吻越不深刻，只怪情場的人不再認真；而沒說出口卻又心內珍惜的親情，也因為口硬和詞窮，而搬進了遺憾區作悼念。難怪每次經過這裡，可逗留的時間也越來越短。

　　乘客，請捉緊扶手，渡過了前方的急流，我們便會到達下一個園區。

呼～衝擊很強大對嗎？當然，這園區記載著的，是你的痛苦回憶，若然途中感到不適，可以閉上雙眼，蓋掩耳朵，裝作一切也沒發生過。

這園區是由玻璃打造的，所以記緊眼看手勿動，若然觸碰到碎片，輕則，會銲損流血；重則，會留下不滅的疤痕；而更嚴重的，是可能會沉迷上這種痛楚，不能從園區自拔。

真有趣，細心一看這裡，好像又擴建了，玻璃的碎片又增多了，你會知道背後的原因嗎？不知道？哈哈，這位團友總是愛說謊的，真幽默。

好了，時間也差不多了，是時候往出口處駛進了。

在這裡先要說句對不起，我們以前是設有自由時間讓團友四處遊覽的，但鑑於曾有團友在園區迷路找不到出口，有團友沉淪在某園區內不願離開，甚至有團友私自闖進禁區而導致傷痕纍纍⋯⋯我們便決定忍痛取消自由時間了。

畢竟，獨個兒在回憶裡忘了時間的自由停留，是一件很危險的事哦。

到達出口了，再一次謝謝你參與這次的心態導賞團，希望你會有一趟難忘的體驗，再見！

嗯？甚麼？想預約報名下一團的導賞嗎？

沒問題，你想預約的時間是？
噢！明晚嗎？那麼快？
但是這也沒問題的，因為……

其實你昨晚才來過，我早已不見怪了。

/我不想這樣

「我不想這樣……我真的很痛苦。

你知道嗎？我很累了，看著事情不斷重複著，我真的累透了。我……我不想這樣，我真的不想再這樣，求求你，救我！」

你躺在床上睜開了眼，凌晨時分，你又再一次被內心的聲音和夢境的像真給嚇醒了。

外表健康樂觀的你，相信皮膚下的千瘡，心靈上的百孔，就只有你最清楚。你是懂性的，心知成人的世界誠實不值分毫，你便早熟得戴上臉譜演好別人愛看的戲碼，亦熟讀了交際秘笈，學懂對準橫線填充對白。

同時，你是識時務的。曾令你尷尬不堪的事情，今天已懂得言之有物的自圓其說，偶爾還懂得用自嘲來幽自己一默，令人發笑的同時，也可用笑聲作陪襯步向下台階。活到這個年紀，大概你也明白，心事還是留給自己聽，說了出口的，便變成負累，放了上檯的，便淪為話柄，傳誦遠方的，便化成是非。

難怪不吐不快會變成絕口不提，越大越沉默，原來不無它的道理。

可是，說不出口，卻不代表哽得下去。

回憶從沒有被好好消化，難怪會漸漸成為夢魘。

心魔被逃避越養越大，亦被陰影越餵越兇，依附在你的潛意識層，影響著你每一天的人生。

大概，你已很努力的了。

你很努力把妝容抹得艷麗一點，把髮型弄得帥氣一點，把自己的社交平台粉飾得多姿多彩，把自己吃的、穿的、戴的、用的也和價錢牌掛鈎，哪怕自己負擔不起，也總算讓世界羨慕多一些。

世界就這樣給你欺騙了，但你卻欺騙不了自己的世界。

哪怕你看似多自信，當那段回憶閃過，你雙手還是會顫抖。

哪怕你於鏡前多美麗，當那些片段重播，你也只能看到鏡內人的敗絮。

哪怕你意亂得情迷，當那面孔那對白掠過，你還是痛得把心封閉，不敢再愛。

金粉止於門前，回到房內，鉛華洗淨，你又回到自困的空間內時光倒流，在沙漏內胡思亂想。

累了，倦了，在床上閉上眼卻又看到最多了。
記憶回不去，卻又前進不了。

躺在床上，獨個承受著無數晚的煎熬，無力卻又想打破宿命，逃避卻又想昂然面對。

我不想這樣裝作若無其事；
我不想這樣醒著發噩夢；
我不想這樣重蹈覆轍；
我不想這樣放不低；
我不想這樣痛苦；
我不想這樣活；
我不想這樣。

說到累了，想到倦了，大概你便能透支得入睡了。

/回憶拖自決

問問自己,你被回憶拖著走了多少里路?

每段回憶彷彿也藏著一條線,把它們串連起來,大概便能有根有據地探索生命的前因後果,也能讓你清楚看到自己人生藍圖的來龍去脈。

今天的你如何,下個決定何干,夜靜時的心慌,天朗時的不安……統統也不會是源頭不明個案,只要跟著線索回頭看,便大概知道每季結局的前傳,和每件事情的起源。

或許你沒有察覺,但回憶卻每天潛移默化的影響著你。

不相信嗎?那便走到街上看一看吧,看看路人,看看步伐,看看路人倒後行的步伐,再跟隨他們被牽著的線尋訪,大概你便會相信我的話。

看那自傲的上班族,先別討厭他,他曾是班中最沒有自信,在家中被看輕的小男生。

看那獨個兒吃飯的女生，先別標籤她，自她被那個他出賣後，她才明白一人前的便當，比起燭光晚餐的牛柳更為飽肚。

看那反叛的高中生，先別責備他，在破碎家庭長大，童話的美好早已焚書，稚氣的天真早已坑儒，現在的他惟有標奇立異，方可引起關注。

回憶，大概就是伏線，交織起來便成為生命的主線。

看著別人再看不下去了嗎？那就請看看自己。

順著背後的線，投進回憶裡，你又看到了甚麼？

有些美好的片段總能令你回眸；有些痛苦的影像又總會迫使你逗留。甚至，你會有意無意的把那段深刻的，那段刻骨的，和那段虐心的……也綁在自己的手腕和腳踝，提醒自己它們確切的存在。

綁上一段，又綁上另一段，漸漸地你的四肢也被纏繞了，每次踏前也變得舉步艱難了，甚至，無力的你開始被回憶的繩牽扯，拖行到自困的黑洞內。

「過了這麼久，你也是時候 move on 了。」

聽著良朋的勸告，感受著四肢被往後拉的劇痛，你終於明白何謂真正的有心無力。因為，不是你不想，而是此刻的你，已被自己設下的圈套，令你無力擺脫，再沒辦法繼續前進。

　　繩結是你繫上的，解繫的竅門你當然知道。
　　前進或倒行，請自決。

two

恐懼芭蕾舞

第 二 章 |

恐 懼 芭 蕾 舞

你的恐懼是甚麼？

有人怕黑，有人怕甲由，有人怕看牙醫，有人怕批判
思考，有人怕空虛寂寞冷，有人怕生老病死，有人怕限聚
令，有人怕孤獨，有人怕死⋯⋯

大概七百萬人便會有七百萬種不同程度的恐懼。預視
不到的會怕，但估計得到的又未見得不怕。好比是酒店房
內有鬼無鬼，你也總會疑心生暗鬼，用盡方法換取一覺入
眠到天亮。既然恐懼是如此的無處不在，你會選擇閉眼逃
避，還是與它直視共存？

「所以，我想請問，」我開門見山的問：「回憶維修師是怎樣的一份職業？」

Mory 聽後笑著的站起來，整理一下身上的西裝外套，再一邊繞過桌子來到我的座位前說：「顧名思義，就是把回憶作維修的工作。」

我一臉茫然的看著他，等待他進一步的講解。

「Joe，你能告訴我一樣你害怕的東西嗎？」他帶著微笑的問。

我認真的想了一想，再帶點尷尬的回答：「我由小到大，也是害怕蟑螂的。」

「哈哈，不用感到尷尬，這是很平常的，恐懼是無分對錯的。」他從褲袋中掏出那個細小的遙控器，再對著天花上的菱形錐體按了一下說：「那麼……你現在有甚麼感覺？」

那個錐體發出了一道光，在左手面的白色牆壁上，投影了一隻蟑螂在爬行著。我看一看那隻「蟑螂」，再望著 Mory 說：「沒甚麼感覺，儘管牠看似逼真，但畢竟也是假的。」

Mory 給了我一個微笑，然後再按下遙控器說：「那麼……這樣又如何？」

一息間，錐體內傳出一陣「嗡嗡」和「拍翼」的聲音，就在我還未能作出反應之際，地上開始有數以萬計的蟑螂爬出，天花板的蟑螂如暴雨般落下，瞬間便覆蓋了四面的牆壁，整間房間在5秒內便由白色變成由蟑螂填滿的深黑，而那些拍翼聲、磨擦聲、觸鬚搖晃聲，亦無間斷的此起彼落，彷彿有數隻蟑螂已跑進了我的耳朵，佔領了我的身體再從內到外發出這勝利者的奸笑聲。

　　「……停呀！停止啊！」我本能反應的站到椅子上，再蹲起來用手掩蓋著雙耳，如瘋子般叫喊：「停止啊！！」

　　下一秒，那些讓人心寒的昆蟲聲瞬間消失，我依然抖顫的瑟縮在椅上，再慢慢張開右眼查看，房間內又回復到一片純白，而眼前的 Mory，又是依舊的帶笑看著我。

　　「怎麼了，你不是知道牠們是假的嗎？怎麼又會這麼害怕？」他問。

　　我還是帶點驚魂落魄，我深深的吞了一口口水，再回覆他說：「即使是假的，但也未免太真了吧！更何況，這也太突如其來了，正常人也會被嚇到的！」

　　「哈哈，十分抱歉，我把你嚇壞了。」Mory 輕輕拍一拍我的肩膊，再坐在桌邊看著我說：「也許那種衝擊感沒有剛剛般震撼，但是，其實我們每天也或多或少被這種

無形的、潛藏的、埋伏的恐懼影響著。而製造這些恐懼的主因，就是我們的回憶。」

　　他再一次把遙控器按下，這一次，四面牆壁連同天花地面也開始長出鮮花，「嘶」的一聲，那個菱形錐體噴出了一些煙霧，一聞之下，是鮮花的芬芳。

　　我放下戒心的把雙腿放回地上，再在花海間認真聆聽Mory 的講解。

　　「回憶是好是壞，就看我們如何把它解讀和著眼吧。但出於本能反應，我們也會較偏好美好的回憶，那些甜蜜的、溫馨的、自信的畫面，也可令我們增添前進的動力。可是，我們有時候也會慣性的選擇迴避某些回憶，不去觸碰，不去回眸，以為看不到便不曾發生，以為記不起便一切如常。」Mory 凝重的按一下鍵，四周的鮮花頓然被熊熊烈火給燒毀，那陣花香也變成燒焦的氣味，房間，又再一次變回一片漆黑。

　　「而這些隱藏回憶，便是我們要處理的問題。」Mory 說罷，一抹輕風吹過，把四周的灰燼給徹底吹散，灰燼給一掃而空後，房內投影著一片海，我和 Mory 就恍如在這片無止境、無盡頭的海洋上飄浮著。

「Joe，你知道嗎？我們的思緒就如這片海般，在人前的時間，在被看見的情況，也是平靜而又澄明的。」Mory把右邊的腿輕輕觸碰地面，那投影的海形成了一陣漣漪，輕輕的往外擴張。我也如他般向地面踏了三下腳步，三陣漣漪亦隨即越放越大，蔓延到海邊的盡頭。

這刻的感覺很奇妙，可能是因為我也有太久的時間沒有這種平和的狀態，現在位於海中央，彷彿那些執迷的煩惱，也被寬宏的海給包容了。

「很愜意吧？這是理所當然的，因為這是我們能控制的畫面。可是，關於記憶，關於情緒，我們真的可以憑意志去完全掌控嗎？」Mory說，再用左邊的腿使勁的踏下地面。

我凝望著地上海面的變動，發現開始有一些氣泡從海底深處冒出，房內亦逐漸傳來「隆隆，隆隆」的聲效，接著，一個黑影開始從海底越迫越近，我不由自主的把雙腿縮到胸前，疑惑著那未知的來臨。

「轟」一聲巨響把我嚇得躲進自己的懷中，一抹抹的火光，一陣陣的熔岩從海底湧現到海面，房內的四周立即被紅光和黑煙包圍，海嘯和巨浪拚命的翻騰，而這一片海，瞬間變得不再平靜。

「我們身為人類，以為能夠駕馭世界，以為可以貫通宇宙，但其實，我們連自己的心靈也未懂控制。」Mory一邊說，一邊站起來，再踏著奔騰的巨浪走到一旁說：「我們腦海深處潛藏的，就如這座海底睡火山般，沉睡時，一切也是安好的，但爆發時，便會一發不可收拾。就如剛剛的蟑螂般，可以是突如其來的，而那些畫面和恐懼，也可以如置身災難現場般真確。所以，」Mory再按下手上的遙控器說：「我們的職責，就是替這個城市的人修補那些由回憶導致的潛藏恐懼，以免引發一連串的心態災難。」然後，房間又回復到一開始時的純白和寧靜。

我緩緩的把雙腿放回地面，思考著Mory剛剛說的話。曾聽說過，深海中有80%的資源是從未被人類發現的，在那些地方，可能是古文明的據點，可能是人魚族開派對的國度，也可能是那些神秘水中生物的藏身所。我在想，我們情感的海洋又有多少巴仙是未被自己發現的？若然此刻的你戴上泳鏡，背上氧氣樽，深潛至從未對外開放的這片海中，你會期待看到甚麼，又會懼怕遇到甚麼？岸邊發著光的是寶藏的閃亮還是巨獸的眼？海底沉降著的是船舵的鏽，還是鯨落的養分？定還是，在你還未能觸及海洋深處的粗糙前，你早已被排斥的氣壓給送回水面，被迫終止這場探索之旅？

「那麼……」我仍帶有疑惑的問：「我們如何做才能替他們修補那些破碎的回憶？」

「問得好。答案就是⋯⋯」Mory 回過頭來向著我說：「催眠。」

「催眠？」我蹙起一邊眉頭說。

「對，就是催眠。但當然不是你看電影用陀錶左右左右搖晃的那一種古老方法。我們這裡用的先進得多了。首先，前來的人先要服下這顆藥丸。」Mory 從褲袋中取出了一顆綠色膠囊說：「不用擔心，這藥物是純天然的，廿四小時內會在服用者身體自然排出，亦不存在副作用。它的功效，就是讓前來的人完全放鬆心情，進入一個自我保護意識較低的狀態，那種感覺⋯⋯唔⋯⋯就好像是你快將入睡時卻還有丁點意識，或就在你剛進入夢境，仍有些微意志能控制夢境的感覺，你明白我的意思嗎？」

我點一點頭，Mory 便繼續解釋：「太好了。然後，便輪到這個小道具出場了。」他從另一邊的褲袋拿出了一粒圓形的，扁身的，晶瑩剔透的東西，驟眼看，有點像一顆會發光的恤衫鈕子。

「你知道這是甚麼嗎？」Mory 舉起了那粒「鈕子」，單著眼的看著它問我。

我搖一搖頭，反正也不會猜得到的，還是乾脆等待他的答案。

「你不要小看它，我花了數不盡的時間才能成功研發的。」Mory 自豪的說，再把那顆東西貼了在自己太陽穴的位置說：「這是一個把回憶實體化的裝置。它能夠從大腦的記憶體中提取一些發出特別訊號的片段，這些回憶不一定是壞的，只是對當事人特別有影響而已，再經過腦電波，傳遞到上方的多功能投影裝置中，」他指一指懸掛在天花的菱形錐體說：「然後，整個畫面便會給投影出來，而我們也會置身其中，如同剛剛火山爆發般親歷其境。」

我聽後半信半疑的看著 Mory，心想，真的有這麼神奇嗎？

「難以置信吧？不要緊，看看這個你便會相信的了。」Mory 把太陽穴上的裝置按牢，再將遙控器對準那錐體按了一下。光線發出，房內的純白開始浮現影像，聚焦過後，鋼琴聲亦開始傳出。

「你可以稱呼我作 Mory，是一位回憶維修師。關於工作的細則，待會兒我們再慢慢探討吧。我們剛剛見面，我想先了解你多一點，可以簡單介紹一下自己嗎？」

「我叫陳廸均，英文名字是 Joe，今年 29 歲。我是一位……我是一位樂觀積極的人，還有，還有……」

這正正是我和 Mory 剛剛碰面時的畫面。

Mory 把裝置摘下，房間又瞬間回復純白，他看著我說：「你現在相信了嗎？」

我睜大了雙眼的點頭，想了一會兒，再向他問：「那麼，把回憶實體化投影出來後，那些回憶就可給維修了嗎？」

Mory 微笑了一下，再走回自己的座位旁說：「當然不是。但接著的，就要看當事人的造化了。」

他拿起了桌上的鋼筆，放於手指間轉動著說：「你還記得剛剛那顆綠色藥丸嗎？當藥力發揮，當事人進入了那個意識迷離的狀態後，再配合如此逼真的四維投影，他們便可在某段回憶中，和曾經的自己互動，給他說些甚麼好，給他一個擁抱好，甚至，給他一記耳光也好……總之，他們能從過去得到解脫和慰勉，這段破碎的回憶，就能給修補了。這樣說可能有點抽象，但具體一點來說，只要在記憶層中，過去的自己對當事人做一件事情，這個案件便可以圓滿的 close file 了。你知道是甚麼嗎？」

我搖一搖頭，心想，定必是一些不容易的事情。Mory 認真的看著我，刻意放慢了語速的說：「就是說一聲，『謝謝你。』」

我愕然的鎖緊眉心，衝口而出的說：「甚麼？竟然就是這麼簡單？」

「很簡單嗎?」Mory 坐回自己的座位,放下鋼筆,再直視著我說:「那麼,你上一次跟自己說一聲謝謝,又是甚麼時候?」

　　我逃避了他的眼神,看著筆上的木紋,認真思考著這個問題,而答案,彷彿比想不起的記憶更要遙遠。

　　「Joe,你知道嗎?壞的記憶從來也是由自己衍生的,要把它修理好,就只能靠自己的能力。能夠感謝自己,甚至,能夠原諒自己,從來也是知易行難。所以,身為回憶維修師,我們就是要替前來的人誠實的面對自己,去成就自身的偉大。」

　　曾經,我的確想成為一個偉大的人,但奈何今天的我就是如此的平庸,這念頭,早這被拋諸腦後了。但如今,坐在我面前的他,發著光的,帶著笑的,呼著善的,竟又重提起了關於「偉大」的這個課題。我不禁納悶,我真的有能力偉大嗎?我真的有資格偉大嗎?

　　「好了!」Mory 從座位站起來,伸展著筋骨說:「說了這麼久,不如來一場實戰吧。你資質那麼聰敏,看一次便會明白的了。」

　　我也一同站了起來,拉一拉黏著大腿的褲子說:「你意思是,有下一位病人正前來做治療嗎?」

Mory 笑著說：「都說你是聰明的了。」

我搔著臉頰，尷尬的微笑。

「啊！還有一樣東西要留意。我們叫前來的人作『客人』或是『朋友』好了，不要稱呼他們做『病人』。」Mory 向我單著眼說：「有壞回憶，壞情緒，是正常不過的，這不是病，也不是罪過。世界的標籤夠多了，別忘記我們誕生的一刻，本是一無所有的，卻又早已足夠的。」

「噢，對不起。」我掩著嘴巴，為自己的失言道歉。

「哈哈，小意思，不知者不罪。」Mory 笑著說：「待會兒你就好好的從旁觀察，相信你會更能了解這份工作的運作。」

數分鐘過後，門外傳來了敲門聲。

「請進來。」Mory 揚聲說，再按下遙控器，啟動鋼琴的旋律。

門打開了，是一位打扮簡單樸素，年紀應該和我相若的女生，她穿了一件米色的中袖上衣，頸上有一條銀色項鏈，下身是淺啡色的鬆身褲和一雙白布鞋，整個造型給人一種平易近人的感覺。

「你好，我叫 Mory，是你今天的回憶維修師，他是我的助手，Joe。」Mory 向我的方向看一看，再望回前方的女生說：「請過來這邊坐下。我應該怎樣稱呼你？」

　　那位女生上前到桌旁的梳化椅坐下，再看著 Mory 說：「你好，你叫我 Chloe 便可以了。」接著，再看著我給予一個禮貌的微笑。

　　有時候，越微小的動作越能反映出一個人的修養，或許這抹笑容並不能代表快不快樂，但至少，我能感受到被尊重的感覺。

　　Mory 坐在桌子的邊緣，敞開著雙手，帶著溫暖的笑容說：「Chloe 你好，我們初次見面，你能告訴我有關你的故事嗎？為甚麼你會來找我們？」

　　Chloe 把左邊的髮絲繞到耳背後，眼神彷彿在一片純白間找不到落腳點，只好看著 Mory 的雙眼說：「唔……其實，我也不清楚這是否我的問題，只是……只是近年來有些事情總不太順利。」

　　Mory 緩慢的點頭，再說：「介意告訴我多一點嗎？在甚麼範疇令你有不順利的感覺？」

　　Chloe 再一次把早已梳理好的長髮繞到耳背後，再帶點吞吐的說：「大概，是我的情感關係吧。」

「明白。情感關係，你意思是哪一類型的情感問題？」

「唔……是愛情。」

「那麼，不順利的意思是？」

「我好像很難去投入一段關係似的。有一種『很怕去承諾甚麼』的感覺。未得到已害怕失去，得到了又有種『總會完結吧』的恐懼。唔……不知道呢，但每次戀愛也總是有種心緒不寧的感覺就是了。」

「明白。所以，這種感覺總好像揮之不去，更甚的是，它對你的人際關係開始造成困擾。我可以這樣說嗎？」Mory 一邊說，我卻留意到他的右手輕輕的按了遙控器一下，上方的裝置隨即噴灑了一些淡淡的氣味，一聞之下，應該是薰衣草的味道。

「對，可以這樣說。」Chloe 點著頭說：「以前並沒有這種強烈的感覺，但這一兩年，看著身邊的朋友開始求婚的求婚，結婚的結婚，甚至有些人已做了別人的媽媽了。我才意識到這個問題遲早也需要處理吧。」她緩緩的往後仰，應該是薰衣草的味道開始令她稍為放鬆了。

Mory 從桌上躍下，再一邊走回自己的座位說：「這些身旁人和社會營造的壓力，確實是很擾人清靜。那些無

根無據的『你應該如何怎樣』，相信任何人口中如何理性的說不在乎，聽得多了，心裡還是有點不是味兒吧。」

Chloe 認同的點著頭，巧合地，我也不期然的點頭贊同。

Mory 眼角看到我的自然反應，也出於自然反應的笑了一下。他把那塊銀色晶片和一顆綠色藥丸，放在一塊白色雲石紋的長方形托盤上，再拿到 Chloe 的面前說：「關於整個回憶修理的過程，我在早前傳給你的訊息也說明過了，你也清楚了嗎？」

Chloe 點著頭回應：「我清楚。」

「很好，那麼就請你先服下這顆藥丸。」Mory 把藥丸遞給她，再輕輕把晶片貼在她左邊太陽穴的位置說：「待會兒儘量放鬆心情，不用怕，我們會陪伴你。」

Chloe 服藥後，很快便從眼神裡流露出睡意，數秒後，她便完全閉上了雙眼，開始回到記憶的抽屜裡。

不知道接下來會有甚麼事情發生，我有點緊張，同時亦帶點期待，就在我還未能預視下一秒即將會發生甚麼之際，Chloe 太陽穴上的晶片開始亮著淺黃色的光，而她上方的裝置亦開始起動，投放出 Chloe 腦海中的畫面。

首先傳出來的，是一首教人熟悉的旋律……

吖！沒錯，是《天鵝湖》的配樂。接下來的畫面開始變得清澈，房間內變成了一個學校禮堂，而台上是一位跳著芭蕾舞的小女孩，相信，她就是童年時的 Chloe。有趣的是，她腳上穿著的不是芭蕾舞鞋，而是一對完全不合尺寸的高跟鞋，還有，她的頸上戴了一條珍珠頸鏈，耳珠夾著一對老氣的寶石耳環。

儘管整件事情是如此的不協調，但從那個女孩的神態來看，她是快樂的。她帶著笑的跳，和台上的玩具熊踏步，再和穿著西裝的兔先生旋轉。慢慢地，他們開始懸浮起來，隨著旋律，在房間內的四面牆壁，圍著我們三人不停旋轉，無間斷的載歌載舞。

我不期然的也掛起了笑容，跟著四周的畫面和拍子，搖晃著我的身體。

「嘶嘶。」我被 Mory 發出的聲音終止了舞步，我看一看他，他卻用眼神提醒我專注留意 Chloe 的變化。

我把視線放回 Chloe 的表情上，她的嘴角由原本的上揚開始往下垂，眉心開始繃緊起來，而晶片發出的光開始閃耀，再逐漸變成紅色的光。

背景的《天鵝湖》音樂開始加速、變調、跳線，我疑惑的看著 Mory，他卻凝重的看著 Chloe。房內開始變暗，舞台上的射燈亦逐一燒掉，兔先生掙破了西裝，變成了一身髒毛的灰色巨獸；那一群玩具熊身上的針線同一時間裂開了，內裡爆出來的不是棉花，而是鋒利的玻璃碎片；禮堂的木台板開始搖搖欲墜，小女孩卻害怕得原封不動，玻璃碎和木削片於四周狂舞，刮破了女孩的舞衣，刺傷了女孩的四肢。

　　我留意到 Chloe 的呼吸開始變得急促，雙手的拳頭握得很緊，還有，她唸唸有詞的說著：「不要……不要……」

　　「啊！！」一把貫穿心靈的絕望吶喊傳出，那位小女孩便墜進了舞台上的裂縫間，而四周的畫面，亦漸漸的轉為伸手不見五指的漆黑，而唯一能看到的，就是 Chloe 頭上晶片發出的深紅色光。

　　三秒的寂靜後，上方開始傳來一些斷續的、紛亂的聲音：摑打聲、玻璃聲、行雷聲、碰撞聲、抽泣聲；然後，這些雜音變成了背景音樂，襯托出接下來一句又一句夭心傷悲的對白：

「你是不是想

「為甚麼你這麼頑皮？

為甚麼要拿媽媽的東西來玩？」

「不要再打

「我是你爸爸，

你便要聽我的話」

「你

「那麼喜歡別人的家

「你這個樣貌真

「你真是

女兒打死才安樂？」

「留在房間內不要出來」

！停手！」

不起，今晚又要你一個人吃飯了。」

哭我繼續打」

便不要再回來吧！」

討厭！」

個負累」

若然這一刻你在現場，大概你也會明白何謂虐心的感覺。對一個成年人來說，這些說話也不易處理，更何況是一個天真爛漫的小女孩？舞台破碎了，連同她的童年憧憬，她對父母的仰望，她對關係的信任，也統統粉碎了。而這種破損，原來會連載至成年後的每一篇章，影響著內裡角色的發展。

　　「噠」的一聲，一線舞台燈光劃破了房間內的純黑，射燈下坐在地上的，就是剛剛的小女孩，瑟縮著，啜泣著，絕望著。

　　我出於同情的走到她的面前，打算把坐在地上的她扶起，給她一點慰問，但我發現，她根本沒有看過我一眼。

　　「沒有用的。」Mory 從我的背後說：「別忘記，這只是 Chloe 腦海中投影出來的回憶影像，要拯救那個女孩，就只好靠她自己了。」

　　Mory 走到了仍躺在椅上的 Chloe 面前，我也連忙緊隨其後，過了一會兒，她的嘴唇開始微張，雙眼漸漸睜開，眼球緩慢的觀察周遭的環境。

　　「你做得很好哦。」Mory 溫柔的說，再指著燈光下的小女孩，向 Chloe 解釋說：「我們來到你記憶層裡需要修補的地方了。」

Chloe 撐著梳化椅的扶手站起，眼看著前方的小女孩，喃喃自語的說：「果然。原來就是她……」

　　「你還記得她是誰嗎？」Mory 從旁提問。

　　「嗯。」Chloe 點一點頭回應。

　　「你知道為甚麼她在哭嗎？」

　　「知道，她受傷了……」

　　「那麼，你猜想她現在的心情會是怎樣？」

　　「很害怕，她一定感到很害怕。還有，她很孤獨，有很多事情也不敢跟其他人說，害怕……害怕……」Chloe 的聲線開始顫抖，再也說不下去了。

　　「害怕受更多的傷害？」Mory 問道，再把手帕遞到她的手中。Chloe 激動的點頭，淚水亦不自控的落下，同一個房間裡，她和她也沾濕了房內的濕度。

　　「我想，這一刻的她很需要一個人前去給她一點力量。Chloe，你願意上前和她傾訴一下嗎？」Mory 說。

　　Chloe 一邊抹著眼淚，一邊拚命的搖頭說：「……我做不到，我真的做不到……」

Mory 上前把手搭在 Chloe 的肩膊上，再在她耳邊放輕聲線說：「我明白要直視和面對自己記憶中最痛的創傷，是一點也不容易的。但是，你問問自己：『你已被過去拖著走了多遠？』你肯走到這一步，已經是很了不起了。現在，就只差面前的最後一步，你便可以從舊記憶裡站起來，克服這些年來的恐懼。」

　　Chloe 看著身旁的 Mory，帶點疑惑的問：「我真的可以嗎？我怕，我怕我做不到。」

　　「你可以的，我相信你。」Mory 用溫暖的笑容對她說：「還有，她需要你。」

　　Chloe 感激的點頭，閉上雙眼，調整著呼吸的節奏，再抹掉淚水，一步一步的向那被需要的女孩走近。

　　「嗨，你好嗎？」Chloe 稍稍提高了聲線，向著那位小女孩說。

　　小女孩吃驚的抬頭，再把頭埋於雙腿之間，彷彿是要把自己縮得最小般。而在她瑟縮的過程中，她也自言自語的說：「不要⋯⋯不要再打了⋯⋯不要⋯⋯」

　　Chloe 咬一咬唇邊，壓制著內心的情緒說：「不用害怕，妹妹，我不會傷害你的。」小女孩顫抖的從手臂間看著 Chloe，卻還是保持著原有的姿勢。

「咦？你穿的舞衣很美，你是跳甚麼舞的？」Chloe嘗試和她打開話題，但那位女孩依然沒有回應。

「讓我猜一猜。應該是中國舞，或是華爾茲吧？不！我猜是現代舞，一定是現代舞！」Chloe說。

小女孩微微的搖頭，再輕聲說：「……是芭蕾舞。」

「是芭蕾舞嗎？難怪你穿得這麼漂亮！」Chloe把雙手伸延，模仿著芭蕾舞的動作說：「姐姐小時候也學過芭蕾舞的，那個Arabesque好像是這樣做的。」再接二連三的做出一些笨拙的舞蹈動作。

小女孩看著動作如此不靈巧的Chloe，偷偷的笑了一下。Chloe見狀，便立即提問：「不是這樣做的嗎？」

「不是這樣的……手要再直一點才對。」小女孩說。Chloe裝作不明白的提議：「這個動作真困難。妹妹，你可以示範一下給我看嗎？」小女孩不作聲的看著Chloe，Chloe繼續哀求的說：「拜託你吧，我真的忘記了怎樣做了。」

小女孩拿她沒辦法，便緩緩的站起，拍打一下舞衣上的灰塵，再走到Chloe的面前，做出了一個標準的Arabesque動作。

「原來是這樣的！」Chloe 跟著小女孩的動作說：「那麼 Saute 呢？你懂得做嗎？」

「當然！」小女孩自信的回答，再做出了一個 Saute 的姿勢。

接下來的時間，她和她也在燈光下起舞，恍如兩隻天鵝在互相展翅暢遊般愉快，她用身上的羽毛，柔順的安撫著她未盛放的羽翼，再在踏步間告訴著她不要怕。

「姐姐，你跳得還算不錯哦！」小女孩坐在地上休息，和身旁的 Chloe 說。

Chloe 微微的喘著氣，再神氣的對她說：「當然！我以前的確有認真練舞的。」

「原來如此，難怪你的 Saute 做得如此純熟。」

「你呢？你有認真練舞嗎？」

「有，每星期至少也會練三天。」

「這麼勤力嗎？所以……」Chloe 捉著小女孩的手說：「雙手便練得到處損傷了？」

小女孩立即收起了臉上的笑容，再吞吐的說：「這……這不是練舞弄傷的……」

Chloe 看著眼前的小女孩，回想起她曾經歷過的折磨和噩夢，也不忍心繼續追問下去。她撫摸一下小女孩的頭，再由衷的對她說：「你知道嗎？成長就你而言可能不算容易，但我想告訴你，即使，即使今天的你不快樂……」Chloe 哽咽著，未能完成餘下的句子，而小女孩亦強忍著淚水，紅著眼的看著 Chloe。

　　Chloe 深深的吸了一口氣，再直視著小女孩，完成剛剛未完的話：「即使，今天的你不快樂，但這不代表未來的你不可以快樂。相信我，未來，你一定會快樂的。」

　　小女孩低下頭，淚水亦按捺不住的滴了下來。大概肉體的痛，咬緊牙關就總可撐過，但面對自己給自己的心底話，相信再堅強的誰，也會被這份真誠給感動。

　　「啊！你剛剛跳的芭蕾舞跳得比姐姐好，我有一份禮物要送給你。」Chloe 收起了愁容，換起了笑容說。

　　雙眼紅腫的小女孩看著 Chloe，期待著她的禮物。

　　Chloe 把掛於頸上的銀色項鏈脫下，微笑的看著小女孩說：「校際芭蕾舞比賽冠軍是……」再把項鏈掛在小女孩的頸上說：「最勇敢的 Chloe 妹妹。」

　　小女孩害羞的看著項鏈微笑著，Chloe 給她送上一個擁抱，再在她的耳邊說：「以後也不用再偷穿媽媽的高跟

鞋和戴她的飾物了，這條項鏈是屬於你的，你要如它般閃耀下去。你要記住，未來的你會快樂的，我會令你快樂。」小女孩靠在 Chloe 的肩膀上點頭，再輕聲的說：「謝謝你，Chloe 姐姐。」

說罷，小女孩的身體發出了銀色的光，再慢慢化成羽毛飄至上空散去，房內傳出了《天鵝湖》的最終樂章，隨著二人的圓舞，為這糾結了二十多年的演出完美地閉幕。

Chloe 帶著微笑的閉上雙眼，Mory 亦上前把她扶在臂彎，再安頓她於梳化椅上稍作休息。上方的裝置自動的關上，房內也還原至一開始的白，而 Chloe 太陽穴上的晶片，亦由深黑的紅轉變為白色的光。

我目瞪口呆的看著整個畫面，努力嘗試消化剛才目睹的一切。

Mory 拿出毛氈蓋在 Chloe 身上，摘下她頭上的晶片，再滿意的看著我說：「我們的第一場任務，順利完成了。」

Mory 走回自己的座位坐下，再一邊揉著頸後的肌肉說：「所以說，人們也低估了壞記憶對自己未來的影響。即使是發生在很久之前的往事，若然我們不去面對和處理，它也會一直如炸彈般埋藏在人生命書的其中一頁。」

我點著頭，若有所思的說：「原來，童年的陰影，父母的離異以至家暴，就是 Chloe 在每段情感關係如此不順的主因。」

　　「早說過你是聰明的。」Mory 笑說。

　　我看一看睡著了的 Chloe，想起了那位小女孩，於心不忍的說：「年紀那麼小就要面對這種傷害，相信她的成長也很不容易。」

　　「真的，而世上實在有太多人看輕了童年陰影的嚴重性和影響，他們不知道，一個看似微不足道的舉動，會為一個小孩帶來多大多久的傷痛。」Mory 無奈的說。

　　「幸好，她還有些美麗的回憶，至少一開始的畫面裡，她跳舞時的神情，是單純快樂的。」我回答。

　　「這正是我一開始跟你說的，人們第一幕投射的畫面，總是快樂和美好的回憶。」Mory 鬆著肩頸說：「無論如何，Chloe 的個案總算告一段落了，而明天，」Mory 看著我說：「到你出場了。」

　　「這麼快？」我失措地說。

　　「哈哈，維修的程序你也看過了，你還等些甚麼？」Mory 輕鬆的說。

「但是⋯⋯但是⋯⋯」

「不用『但是』了，早點回家休息，明天是你的
show time 哦！」

我還是忐忑不安的看著 Mory，他卻友善的說：「不
用擔心了，我會伴著你的。」

我遲緩的點一點頭，說句再見，便離開了房間，重回
只有我一人的家裡休息。

或許，今天也經歷得太多了，我也真的累垮了，我竟
然忘記了到那間茶餐廳購買吃慣了的 B 餐作外賣；

我竟然忘記了告訴 Mory 我是多麼感激他給我這份工
作；

我竟然忘記了詢問 Mory 我的月薪是多少，午飯時間
有多長，還有試用期是多久；

還有，Mory 說：「人們第一幕投射的畫面，總是快
樂和美好的回憶。」

而我竟然忘記了他戴上晶片給我示範時，他第一幕出
現的畫面是甚麼⋯⋯

是甚麼呢？

到底是⋯⋯是那個⋯⋯

真的嗎？

應該不會吧。

∕ 誰伴我閒談

「要關燈睡覺了，晚安。」

「噠」的一聲，無須閉眼，房間內就只剩下那沒邊疆的漆黑，這種黑是有重量的，它也是無數個小孩，童年時的不安和恐懼。

閉眼害怕，因為甚麼也看不到；
睜眼害怕，因為怕會看到甚麼。

衣櫥的門會悄悄敞開，內裡的老伯伯會向我揮手嗎？床邊若隱若現的輪廓，是面色蒼白的靈童，還是沒有瞳孔的紅衣少女？床下那怪獸的垂涎聲，滴答滴答的，是在呼應上方傳來的波子聲嗎？

床前無月光，窗邊沒涼風，哪怕是有點悶熱，但雙腿也被棉被包裹著，以免外露的部分會惹起「他們」的注意⋯⋯糟糕了！怎麼這個時候會有上廁所的需要？乖！不要胡思，不要亂動，睡著了便不會感到有尿意了。

漫長漫長夜晚，這種自思自想，自言自語，伴隨著你童年的恐懼直至沉睡，大概當時的你也不想每夜我伴我閒談，但奈何你曾仰頭向大人們求助，他們只低頭說你孩子氣，嘲你膽小懦弱，罵你胡說八道，卻沒有一絲同情的意味。

　　請你別怪他們，他們只是長高了而忘卻了曾經的視線，他們只是熟透得遺忘了曾經的童年。

　　把這委屈感放於心，將來別成熟得失去童稚便可以了。

　　就在你惘悵著今晚又該如何過，它忽然出現了。

　　每個小孩的它也是不一樣的。顏色，形狀，質料，大小，軟硬，甚至是你賦予它的味道和秘密，也統統如你般獨一無二。

　　有它在你身旁的夜晚，你安心多了。儘管它總是保持沉默，但你總愛和它分享秘密，因為你知道，它是值得信賴的，它是不會洩密的，它亦從不會批判的。

或許，它真的比你更懂你。

你那不合格測驗卷的藏身之所，它知道；
你因為害怕而向父母撒下的謊，它理解；
你被同學誤解、戲弄、杯葛、傷害，它同情；
你不被世界理解而感到的寂寞，它明白；
你不想辜負某些人卻又力有不逮的自責，它難過；
你哭著把它擁緊，展示著大腿上新的傷痕，它痛心；
你疑問著那位怪客在你私處間揉搓是何故，它憤怒。

太多個夜晚，它也為你守候，永遠耐心去分擔你成長期的每一種情緒。

今天的你長大了，獨個面對世界的荒誕，和掛上因責任而累垮的兩眼，大概你再不需要它每夜哄你入睡。不知道你的童年玩伴現在身在何地？或許它仍在你的床邊安躺，或許它在你的床尾角落瑟縮，或許它在儲物的鞋盒內發呆，又或許，它已在堆填的塵土下安葬。

哪怕內裡的棉花早已發霉，但表面的它依舊微笑。原來，心靈崩壞但仍要對世界擠出笑容，就是童年玩偶給我們的終生身教。

難過也要笑，長大後的你，終於受教。

/ 藍與紅鬥男

這個故事，是關於色彩的。

她叫小藍，總愛穿上純白的襯衣和丹寧的長褲在青草上去跑，去跳，去翻，去滾。烈日的紅光令標致的臉上現出淡黃的色斑，啡色的泥濘令潔白的上衣塗上迷彩的圖騰。她討厭一式一樣的淺藍校裙，卻愛上了籃球場上穿針的橙。她的嘴角總帶有肉醬意粉遺留的紅，而四肢運動後的瘀青也是她最愛的紋身。

他叫小紅，金絲眼鏡下是迷人的淺啡瞳孔，他床邊放滿了深紫色的玩具熊，卡通片內的粉紅總令他忘記現實的殘酷。沉迷七彩的他厭倦了童軍裝的綠，便索性投進話劇團紙醉金迷的歌舞。他的皮膚白裡透紅，惹來了嫉妒的人在他皮肉添上疤痕，但不要緊，用淺藍的淚溝淡水彩，便能畫出彩虹，再修補心內身上的染紅。

小藍和小紅，大概便是立體的三棱鏡，有光進入的地方便會自然的綻放色彩，這是與生俱來的，如光般自然，如彩般奪目。

奈何，暗淡的沉默大多數總是看不過眼。
他們指著小藍，高呼不該！不該！
他們指著小紅，嚷著不可！不可！

天色灰暗，白天漆黑，批評的聲音於城內擴散。
道德保守派上街，控訴傳統的底線不可賣；
性別封建派抗議，動議歪曲的風氣應正視。

小藍和小紅被道德的枷鎖捆綁四肢，被暗黑的人釘上十字，於廣場內被當眾的展示。

火光熊熊，灰煙濃濃，群眾拿起石頭向他投擲，向她擊中，他們的罪名不算嚴重，他們的抗辯不准上訴，他們的控訴只是與人無關的「不同」，卻換來這一輩子的沉重。

證據不用確鑿，黑白何用分明，大時代的「公正」就是少數服從多數。奄奄一息的二人，為了往後的人生，也只好口不對心的承諾從此當個「正常人」。

不問青紅的人從廣場默默散去，沒有人願意聆聽小藍和小紅的苦衷，亦沒有人曾留意過小紅和小藍臉上的蒼白，荊棘的翠綠，雙手的血紅，小腿的瘀青，以及心靈的七彩，其實比任何一個城內的人，也更具氣息，更顯燦爛。

為了生存，小藍把喜愛的放進衣櫥，把不愛的掛上身軀；為了求生，小紅把獨有的狠心切割，把同化的裝嵌重組。

　　二人最終還是被推進洪流，逆來順受，唱頌著衣不稱心的節奏：

　　女是粉紅男是藍；
　　男兒流血不流淚；
　　三從四德守婦道；
　　雌雄同體不道德；
　　男左女右請歸邊。

　　這個故事，本是關於色彩的，但奈何時代向前卻未見進步，人類行近卻未見平等。他們的故事，他們的顏色，如今就只可淪為黑白灰的禁色。

　　任憑你和我如何在日常生活裝作正常，模仿大眾，投靠多數⋯⋯我們也有機會在某些場合，忽然成為被標籤的少數。跳舞可以成為群組，沉默可以成為大多數，理所當然的也可以成為莫須有的圈套。其實，你以為的大眾，轉個空間角度，也可以頓然成為被歧視的小眾。

　　面對不同色系光譜，多點同理多點包容，閉上雙眼給予擁抱，相信，總比起站於高地嘲笑指責來得更高。

/ 芬梨道遠足

下課的鐘聲響起，你內心的忐忑亦隨即冒起。

家，本應是孩子的避難所，但從何時開始，家，竟成為了回憶的地雷陣？

踏出校園，班長有工人姐姐替他拿背囊，行長有母親在場接放學，唯獨是你，總是獨個兒背起比自己還要重的書包，笨重的掏出口袋內的七元八角，於車站安分的等待送你回家的公車。

上車後你找到一個位置準備小睡，但乖巧的你卻選擇讓座給剛上車的老伯。老師常說你乖，不用補習成績也算不賴，認真向學，彬彬有禮，只是個性比較內向，而偶爾欠交回條時會帶點冒失。

其實你是上心的，只是那個家長簽名真的得來不易。明天又有回條要遞交，你亦惆悵著今晚該如何啟齒。

吃過十多元的撈麵做午餐，你便準備回家做功課。隔壁陳太常常說你乖，會幫手做家務，會幫手買飯餸。若然夜深不會時常發出噪音，你們的鄰舍關係應會更進一步。

　　回到家中，仍如今早上學前般凌亂。

　　你慣性的走進不同房間探頭，看看誰在家誰不在家。有時候，你會看到很久不見的爸爸終於歸家；有時候，你會看到酒醉的媽媽責罵著他；有時候，你會看到素未謀面的她或他躺在父母的房間。

　　但是，你始終是位好孩子，用心向學才是正經事。你總會集中精神留在房間，哪怕外面傳來拍打叫喊，你仍會完成明天要遞交的工作紙，最多……最多只是控制聲量的啜泣數秒，但從不會給父母造成煩擾。

　　凌晨時分，外面的嘈吵停止了，你偷偷踏出房間，把明天要交的回條放於檯上的玻璃旁，再寫上便條一則：

「這是明天要簽妥交還的回條，是關於秋季旅行的事宜。今年會到山頂遠足，收費是 $280，需由父母陪同。
　　但是，我不去也沒有所謂的，反正我沒太大興趣。」

　　第二天的朝早，家裡空無一人，回條原封不動，你卻空手回校，老師強烈譴責，校方通知家長，換來未接來電，遠足一人缺席，結局心裡有數，回憶揮之不去，故事一直延續。

　　天下無不是之父母，是嗎？
　　世上只有爸媽好，是嗎？

　　事過境遷，今天的你一人踏足芬梨道，站於山頂出席當年缺席了的秋季遠足旅行。

　　看著維港，很多事情已成定局，更多事情已早回不去。要分的也分了，要離的也離了，不管是分離了還是離婚了，也只剩餘你在芬梨道旁，一人承受這種後遺了。

/ 聽長輩的話

童年愛玩「老師話」，怎料一玩便玩了大半生。

「老師話⋯⋯舉高左手！」「老師話⋯⋯單腳跳起！」「老師話⋯⋯舉起右腳！」「放低左手！」「哈哈，你輸了。」

這是潛移默化的玩意，彷彿權威的話便要聽，便要遵守，便要服從，不聽指令者便會成為輸家，因為他們不聽遊戲規則，他們是徹徹底底的犯錯。

這玩意在不同場合會出現不同的變奏。

如在家中會有「父母說」，在團拜會有「親戚說」，在公司會有「上司說」，在城市會有「社會說」。

太多版本令你摸不著頭腦嗎？不要緊，我給你秘笈，簡單一點來說，任何變奏的原點也始終如一：聽長輩說。

只要大人說是對的，夕陽東下也不會錯；
只要大人說要做的，違背原則也請跟隨。

你說我說錯了嗎？那請你問問你自己：當你的童年在參與這個遊戲時，難道你不是較集中精神在意前三個字，而不是背後的指令嗎？

當你聽到「老師說⋯⋯」時，你的心便定下來了，你便不會想太多，只要做足之後的動作你便不會出錯了；相反，當你聽到頭三個字不是耳熟能詳的「老師說」，你的雙耳便會自動封閉，不管之後的命令屬有意義或屬無稽，你也是會原封不動，靜靜的獲取勝利。

遊戲的關鍵你掌握了，難怪接下來的餘生你也不懂拒絕了。

母親說，安安穩穩的找份工作，別作夢。
父親說，做男人要成家立室，做女人要找到歸宿。
損友說，請幫我最後一次，保證沒有下次。
老師說，小事別投訴，學懂自己解決問題。
上司說，加班等於上進，減薪便是勤工。
初戀說，愛我的，便脫掉上衣的束縛。
伴侶說，為我改變才是真愛。

他她牠的話，由小玩意變成大聖旨，你終於變成了甚麼也不敢違背的服從分子。童年的話竟一語成讖，令你再聽不見自己的聲音。

長輩說：「長輩說，聽長輩的話。」
難怪的。只因這個世界，就是想你聽話。

「聽自己的話！」
怎樣？指令之前沒有人說，你便打算盲目服從，明知衣不稱身也套上這別人為你挑選的襯衣嗎？明知可以掙扎說不，但也乖乖的當個操行滿分的遊戲勝利者？

其實，別人口中的勝負，對你來說真的是這麼重要嗎？

聽了大半生別人的話，那麼你自己呢？
你的心聲說了甚麼？你的良心又說了甚麼？
閉上雙眼虛心聆聽，大概你終於聽到了。
那麼，你會為遊戲輸掉一次，還是為自己勝利一次？

/ 友誼的漸漸

那時候情同手足的摯友，到底是由哪一天起，無聲無息的化為烏有？

曾幾何時，以為友誼的終結總是因為誤會、口角、爭吵等原因。今天長大後才發現，原來所謂絕交不需要任何原因，卻只需要雙方漸漸的冷淡，漸漸的失聯，再漸漸的各走各路。

忙碌與空閒，不外乎是一個選擇。

當聽了太多次的「下次」，當一年也找不到一天見面，當坐下來的第一句便是要早走……你便知道多年的友誼也比不上他肩膊上的業績報告。也許他太忙了，因此連你的存在也忘了。

主動與被動，被拒絕多了也會痛。

甚麼事情也是有限的，包括自尊和耐性。邀約十萬次也被拒絕，多大的決心也會死心。哪怕對方是禮貌的婉拒，哪怕對方有著合理的原因，但看他從來不會建議下一次見面的日期時間，答案也未免太明顯了。

貪新與忘舊，新鮮感總是不夠。

明白的，共對久了矛盾會加劇，缺點會浮面，不滿會累積……相反，面對新人大家也懂裝，只談風月，就不會有不快。當對方陶醉於鮮花的芬芳，他又怎會抽出時間回頭看？

誤會，可以解釋；

口角，可以言和；

爭吵，可以道歉。

但唯獨這種漸漸的冷淡，就如迷霧般觸不到，捉不緊，卻會隨年月如風般吹散，所有曾經的實在也會變成此刻的夢一場。

無緣無故，友誼不再永固；

冬來秋去，友誼幾多能萬歲？

有心挽救的，值得挽回的，大概你也心裡有數。與其留待失去後悼念，不如就在擁有時上心多一點。別讓自己後悔，只因真正的友誼，人越大越罕有。

親愛的，你還在等甚麼？

/ 以前的快樂

　　人越大，彷彿越難得到快樂。

　　曾經視作與生俱來的快樂，不知由何時開始，它漸漸流失，變得稀有，甚至慢慢絕種。重看以前舊照，除了輕嘆歲月不饒人，那抹笑容，更是似曾相識得教人陌生。快樂，到底去了哪裡？

　　無聊笑話，喜劇電影，看過後還會一笑。但曲終人散，當你一個人靜下來時，你很清楚，那不是快樂。

　　你嘗試過用金錢換取快樂，用身外物滿足自己的渴求，但換來的，是金玉其外的空虛。你嘗試過閱讀快樂寶典背誦正面金句，但換來的，是強迫壓抑的情緒，回彈一刻，更難自控。

　　這個惡性循環不斷重演，你卻希望有時光隧道重回以前。你在想，可能快樂就是遺下了在某個年紀，如果可以回到過去，你定必更加快樂。

到底快樂去了哪裡？

　　又或者，它從來沒有失去過，只是我們忽略了它的存在。可能，在我們忙著與別人比較之時；在我們扭曲自己來討好別人時；在我們不情願地追尋世界為我們而設的目標時⋯⋯我們，已經選擇了放棄快樂。

　　為何以前的自己，總是快樂一點？

　　答案，可能就是因為我們總是想著從前，總是想著別人，總是想著結果，而忽略了此時此刻，正在自己生命上發酵著的人和事。我們悼念著逝去的快樂，而忘記了創造當下的快樂。

　　快樂，無須千金堆砌，亦無用故作高深。

　　它便宜，但充滿價值，簡單，而又唾手可得。

　　快樂是，那個忠於自己的選擇。

three

———

自卑下的雪

第 三 章 |

自 卑 下 的 雪

你有聽過希靈魚的習性嗎？

一條受精的成年希靈魚，平均每次可以排出三萬粒魚卵，但牠們可順利誕生的機率只能聽天由命，因為魚卵會散落在海床不同的位置，海草間、沙礫上、石陣旁、瓦礫下⋯⋯只有能碰巧不被當成魚糧的卵才有機會誕生，來感受深海的溫度。

運氣好的，可以僥倖生存，運氣差的，便會未生先死。

但是，誕生了又不代表定能茁壯成長，在沒有庇護的情況下，年幼的希靈魚便要獨自求生，掙扎求存，哪怕受盡孤立和排斥，也要拚命游下去，活下去。所以說，能僥倖生存，魚兒的運氣是佳還是壞？看來只有命數才能回答。

「你準備好了沒有？」Mory 雙手插著褲袋說。

「唔……有點兒緊張，但應該可以的。」我如實的說。

「做人總有第一次的。」Mory 拍一拍我的肩膊，再笑著說：「不用擔心，我會在旁邊協助你。」

趁尚有時間，我獨個兒站在房間的角落，重溫著手上自製的筆記，記熟每一個維修的步驟，再在腦中預演待會兒有機會發生的一千種戲碼。

「咯，咯，咯。」門外告知門內說。

我匆忙把筆記塞進褲袋，再走回桌子前方的位置。Mory 給了我一個鼓勵的眼神，我深呼一口氣，再提高嗓子說：「請進來。」

門打開，還未看到五官，濃烈的古龍水已迫不及待與我們送上擁抱，門關上，一位穿著整套深灰色西裝的男士，右手攜著手提包，左手拿著紙袋，向著我的方向慢慢行近。

這位先生的笑容可以說是異常的燦爛，皮鞋和髮膠也是亮得發光的，大概是那種在中環上班事業有為的成功人士吧。

　　就是這個原因，我不太想直視他的雙眼。

　　「很高興認識你們！」在我還未開口，這位先生已先發制人的跟我和 Mory 打招呼道：「真感激你們抽空與我見面。」再伸手與我們握手示好。

　　我牽強的強顏歡笑，和他握手，他再走到 Mory 面前，把紙袋遞給他說：「第一次見面，小小心意，是剛出爐的蛋撻。」Mory 沒有刻意客套，只是禮貌的把紙袋放到桌上，再輕輕的說了句「謝謝」。

　　那位男士隨後便把手提包放在較近他的椅子上，再四周打量著房內的裝潢，滿臉喜悅的說：「這裡的裝修真美，又簡潔，又富時代感，你們的品味真好。」說罷再看著 Mory，彷彿在期待他會禮尚往來的回敬甚麼。但 Mory 只是簡單的微笑點頭，再往我的方向一看，示意我是時候開始今天的工作。

　　「先生你好。」我戰兢的開始說出背誦好的對白：「唔⋯⋯你好，先生，我是 Joe，是你⋯⋯」

「挺直一點。」那位先生打斷了我的話，再殷勤的說：「這樣你才會看起來自信一點。」

我有點錯愕，但還是聽他的意見，嘗試冷靜一點，再繼續我的對白：「……那麼，我是你今天的回憶維修師，他是 Mory，是……」

「微笑。」他再一次插話，再用雙手食指放在臉頰旁，露齒笑說：「多一點笑容，這樣才不會令客人感到有壓力。你可以繼續了。」

有人說，和一個人頭三分鐘的相處，你便會和他建立了根深的印象，那麼，當由古龍水撲鼻再變得俗氣的這數分鐘，我對這位先生的印象大概是：討厭。

我盡力的擠出笑容，再按捺著心內對他的反感說：「那麼先生你可以先坐在這張椅子上，然後，我們便會……」

「嗨！」那位先生彈了一下手指，再作狀在我面前揮手說：「看著別人說話。這樣才可把話傳遞到客人心裡！」然後他再看一看 Mory，搖著頭的笑了一笑。

這抹笑容，是多麼的具侮辱性。彷彿就是那種批評我過後，再要和身旁人找認同，用群眾壓力令我難堪的白眼。

「Joe 剛剛來這裡幫手，可能是有點生疏，但我相信他一定可以幫助你的。」Mory 為我辯護著。

「當然當然！我沒有令他難堪的意思，可能是職業病，我是當保險公司人才訓練的，所以，只是想互相交流指教一下罷了。」他再滿臉笑容的看著我說：「挺直，微笑，看著對方，that's all！」

在這位先生給我「人才訓練」的期間，Mory 已在我身後準備好待會兒所需的膠囊和晶片，放於雲石托盤上遞給我，待我接妥後，他再走到那位先生的座位前說：「談了這麼久，還未知道該如何稱呼先生你。」

「叫我 Raymond 便可以了，幸會。」他從西裝外套拿出了卡片，雙手遞給 Mory 說。

我在想，不管他的情緒是否有毛病，但他一定是有嚴重的職業病。

Mory 把卡片放進褲袋，再看一看我，等待著我之後的講解。

我回過神來，便看著 Raymond 說：「請問先生你為何要前來這裡？是因為最近生活上遇到甚麼問題嗎？」

「其實也沒甚麼問題。」Raymond 坐下，再把雙手

放於頭後，看似是很瀟灑的說：「只是好奇碰著有空，便前來試一試。」

我看一看 Mory，再對 Raymond 說：「那麼，你對整個維修程序和收費事宜也清楚了解嗎？」

「當然，我昨晚已看過你們傳來的解釋了。」他有意無意的調整著左手袖口說：「而收費絕不是一個問題。」再搖晃著他的名牌腕錶說。

身外物的價錢就能反映心內物的價值嗎？可能是，又可能不是，就如名媛們穿得明艷在鏡頭前交換支票時，機構代表也懶得去驗證她們的笑容是真是偽，反正道具支票上印有的零頭才最實際。在這個時代，很多東西也是做給別人看的，若然全世界失明，顯赫的卡地亞也不及窗邊的知更鳥來得更有價值。

在這每一時也是比較的城市裡，原來除了那張大型支票，我們身上的統統也是道具。

我把晶片貼在 Raymond 的太陽穴上，再把托盤上的膠囊遞給他說：「請儘量放鬆心情，服下這顆藥丸後，你便會到達記憶的深處。」

Raymond 從容的說了聲「Sure」，再把膠囊吞下。

是我的錯覺嗎？怎麼在這數秒間，他的自信好像稍有動搖，而眼神也略帶不安？握成拳頭的手心開始逐漸放開，Raymond 也閉上了雙眼，慢慢墜進半沉睡的狀態，而他額上的晶片，亦開始發出淺黃色的光。

天花上的裝置開始啟動，第一陣傳來的聲音，是錢幣碰撞，以及收銀機開關的聲效，而投射出來的畫面，是滿天飛舞的紙張，再仔細一看，原來是大富翁遊戲的鈔票。

前方的位置如演唱會舞台般升起了一張鑲滿閃石的座椅，而坐在上方的，是全身上下也是名牌時裝的Raymond，他的神情是多麼的意氣風發，是打從心底的不可一世。

「十二月份最高營業額的是……」中央廣播的聲音傳出：「Raymond！」熒幕上的 Raymond 滿懷傲慢的揮手，接受身邊下跪著的員工的歡呼，他亦把手上的玩具鈔票撒向天空，享受著他人前呼後擁，搶奪著他的鈔票，和叫喚著他名字的榮耀。

我翻著白眼的把這個荒唐畫面收進眼底，心想，這個人的回憶和他一進來房間時的初見，也是同樣的討厭。根本就是那種窮得只有錢的人，而更無奈的是，我的第一個客人，就是這種毫無內涵的金錢奴。

Mory 踏前了數步，皺著眉頭的看著投影出來的 Raymond，我也跟隨他的視線，留意著 Raymond 的神態，以至他慢慢出現的異樣。

躺在椅上的 Raymond，他額角的晶片開始發出紅光；而坐在椅上的 Raymond，臉上的笑容亦開始僵硬起來，他的左手依舊撒著鈔票，但他的右手，卻拚命的搔癢頸後的位置。漸漸地，他流露出痛苦的表情，而雙手也使勁的抓著後頸、手臂，甚至大腿。背景的音效由收銀機聲變成人群的嘲笑聲，而天上一直掉下來的玩具鈔票，也碎掉了而化成細小的如雪花般的塵垢。

「怎麼……會突然下雪的？」我心想。

坐在椅上的 Raymond 越搔越起勁，甚至可清楚看到他的皮膚已被劃破流出血水，「噠」的一聲，那張金碧輝煌的座椅開始原地旋轉，而椅背隱藏著的，竟是數之不盡的囓蟲，牠們在整個椅背上爬行，更蔓延至 Raymond 的背上，蠶食著他的皮膚。

一瞬間，整間房也逐漸變暗，慢慢傳出的，是一句又一句屬於回憶的對白：

「嘩！落雪嗎？」

「不要和亻

「他可能是蛇妖，才會亻

「同學們也是跟你開玩笑，亻

「你可不可以不在這

「你全家也是這樣的嗎

「你認為

你跟老師說便有用

今天當值日生那位亻

了，他有傳染病的」

的脫皮」

可以堅強一點嗎？」

「老師，我不想和他一起坐」

吃午飯，我吃不下」

「你何時才會退學？」

？」

是辛苦了，又要掃地

原來，穿著一整套筆直西裝的 Raymond，風光背後，竟藏著了這樣的過去。原來一洗鉛華，脫下表層，他的皮膚除了飽受濕疹的煎熬，他的內心也承受著自卑的折磨。不可一世的自大，原來埋藏了揮之不去的自卑。

懸掛的裝置開始射出光線，投影出一個班房的模樣，班內的同學也是兩個兩個的並排而坐，除了是老師桌前的那位男孩，他只有和空凳為鄰，一個人靜靜的安坐其中，而他，就是中學時期的 Raymond。

即使把他的學生證放於 Mory 口袋中的卡片旁，我也找不到蛛絲馬跡去推斷他們是同一個人。這個青澀的男生，戴著笨拙的眼鏡，臉上滿是青春期的痕跡，校服的衣領有點黃黃髒髒的，長褲有點吊腳，而那對黑皮鞋，已磨蝕得殘破不堪。

很難想像他竟是眼前這外表光鮮的前傳。

躺於椅上的 Raymond 開始傳出鮮明的呼吸聲，我一看，他也漸漸甦醒，緩緩的坐起來了。

「怎麼了？你感覺還好嗎？」我立刻上前慰問。

「嗯，還好。」Raymond 閃縮的回應，而這一次，逃避著眼神的，竟然是他。

由驕傲演變成眼前的閃縮，一時三刻我也不知道該說些甚麼，只是默不作聲的站在 Raymond 身旁，繼續看著投射出來的影像。

「現在是文章討論的時間，請和鄰坐同學二人一組，準備討論。」瞳孔完全漆黑的老師，聲調完全沒有起伏的說：「有沒有同學是沒有組別的？」

「Raymond！」其餘三十多位瞳孔也是純黑的同學異口同聲的說。坐在老師桌前的 Raymond 不敢回應，只是顫抖著的低下頭，雙手亦不停搔著雙臂的痕癢。

班房牆上的舊式掛鐘開始發出滴答滴答的聲音，只見老師和其他所有同學也隨著規律的拍子，頭部如吊鐘般左右左右搖晃著，他們的眼神也是黑色，而笑容，更是無比的詭異。

「請問，誰是班中最不受歡迎的？」老師問。

「Raymond！」同學們答。

「請問，誰是班中最貧窮，校服最骯髒的？」老師問。

「Raymond！」同學們答。

「請問，誰令到班中滿地也是死皮，如有傳染病般惹人噁心？」老師問。

「Raymond！」同學們答。

老師不斷問出這些令人難堪的問題，而他和同學們的頭部也越搖越急，嘴角的笑容也慢慢伸延至眼角的旁邊，再用空洞的眼神牢牢的盯著座位上的 Raymond。

「那麼，還有同學願意和 Raymond 一組嗎？」老師問，而班房內的沉默已是同學們最響亮的回應。

「我再問一次，有沒有同學願意和 Raymond 一組？」老師再問，而同學們再用沉默作表態。「那麼，沒辦法吧。」老師伸長脖子，面容扭曲的對 Raymond 說：「被孤立的人哦，你要離開這個班房了。」

說罷，班房內的歡呼聲此起彼落，迫於無奈的 Raymond 也只可懼怕地站起，再腳步蹣跚的離開課室。沒有了椅背的阻擋，我終可看到 Raymond 站起來後，校服背上被同學填滿了的羞辱便條貼。

到底，眼前的是個別例子還是冰山一角？欺凌者的一刻快慰，造就了被霸凌者的一生後遺。這畢生的傷勢，誰懂得估計，誰又敢重提？

我於心不忍的看著旁邊的 Raymond，他看著童年時的自己，淚水也不期然的流下來。原來，有些傷口是不會隨時間自動痊癒的，而有些回憶，亦不可能說忘便淡忘。

「你……你會想上前和他……和他對談一下嗎？」我結巴的說，嘗試給予一些建議。

Raymond 默默的搖著頭說：「……不，我做不到。」

「但是，他這一刻很需要你……」我試著說服他。「我真的不行……太沉重了。」Raymond 抬起頭，強忍著淚水，然後再坐回梳化椅上沉思。

我苦惱地看著他，再略帶不知所措的望向 Mory，渴望尋求一點協助，但是，Mory 只是如旁觀者般和我對望，再蹙起眼眉點頭，彷彿是要我想想其他辦法。

我看著班房內被同學折磨的他，看著梳化椅上被過去折磨的他，凝望著眼前的，再回想起從前的。我深呼了一口氣，再走到 Raymond 的面前說：「其實，我很羨慕你。」

Raymond 抬起頭，紅著眼的疑惑著。「你看，你全身上下也是名貴的牌子，說話有自信，在公司的業績又好。我們年紀相若，但相比之下……我就只是一個一事無成的人。」我如實的跟他說。

「不要這樣說，你也看似是很不錯。」他帶點不好意思的說。

「我嗎？我有如你般成功便好了。」我想一想這陣子潦倒的自己，再苦笑著說：「你知道嗎？我連到茶餐廳點

外賣也沒有自信⋯⋯甚至⋯⋯甚至⋯⋯我會如瘋子般無理取鬧，總覺得別人瞧不起自己。」

Raymond 點著頭，認真的聆聽著，再同聲苦笑的說：「那麼現在，你知道了我的過去⋯⋯應該也會瞧不起我吧？」

我笑著搖頭，再看著他說：「怎會？因為不想被看輕，不想被討厭，不想再一次被欺負⋯⋯因為自卑而慢慢變得自大，這種心情我又怎會不明白？大家也是受著傷長大的，就是因為大家的心裡也是遍體鱗傷，試問，誰有資格去瞧不起誰？」

Raymond 尷尬的搔一搔頸背，再向著我由衷的說：「對不起⋯⋯剛剛來到這裡時，我好像對你有點不禮貌，真的很抱歉。」

我搖一搖頭，示意不要緊，再看著前方校門外的 Raymond，對著身旁的 Raymond 說：「剛剛我說我羨慕你，其實，不是因為你的外形或是你身上的名牌子。我羨慕的，是你可以由那個你變成今天的這個你。」我看回 Raymond 說：「我羨慕的，是你的堅強和勇敢，和羨慕你如何咬緊牙關，去推翻兒時的那章黑歷史，去否定當刻的命運而選擇一步一步的站起。」

我彎下身子，向著 Raymond 說：「現在，就只欠眼前的一步了。」Raymond 仍帶有不安的看著曾經的自己，再皺著眉向我說：「但是……我真的不懂得如何面對他。」

　　我笑了一笑，再對他說：「你怎會不懂？你剛剛早已教導我了。」Raymond 困惑的看著我。

　　「記著，」我堅定的和他說：「挺直，微笑，看著對方，that's all。」

　　Raymond 給了我一抹感激的微笑，便回過頭，勇敢的步前到過去，和童年的自己了結這多年來的心結。

　　我眼看著這個畫面，看著 Raymond 如何凝著眼淚抑壓恐懼和回憶對談，看著童年的他如何放下戒心和長大後的他對話，再看著他們如何互相安慰，互相跟對方和好……心內，竟充斥著說不出的感動和共鳴。

　　自卑感，大概我們每個人也會有，就是因為這心房內的缺，我們會用身外物的艷，用奉承別人的偽，用貶低別人的惡……去填滿這種因為種種原因而缺失了的空虛感。但原來一切的填充也是煙，不實不在，卻只令內心的自大膨脹，懸浮至惹人疏遠的孤寂行星。

　　別人說，生活逼人，我會說，生活壓人。

活於這低壓城市，背負著無人能明白的重擔，我們誰不是拮据的被壓在地上爬行？我們誰不是被壓抑得無孔可呼，被迫孕育出體內不可愛的獸？自大的人，說穿了也不過是自卑的人那衣不稱身的一套戲服。

　　一陣微暖出現在我的右肩上，是 Mory 那厚實的掌心，我看一看他，他沒有說話，只是帶著笑的看著前方的投影。

　　我不知道我的第一次能否令他滿意，我也很清楚我還有很多可以改善的地方，但這一刻我卻意識到，肩膊上的重量不一定是壓力負擔，相反，卻可以是一種心照無語的肯定。

　　「所以，你不用自卑的。」Raymond 跟過去的自己說。

　　年少的他默默的點頭，但臉上依然是悶悶不樂。

　　Raymond 見狀，想了一會兒，再對著他說：「我給你看一些東西，你幫我拿著這個。」Raymond 把身上的西裝外套脫下，遞給眼前的他，他不解的等著 Raymond 和拿好手中的外套。

　　「你看！」Raymond 把雙臂的衣袖捲起說：「哥哥和你一樣的。」而他手上佈滿的，就是那密密麻麻的濕疹

痕跡。年少的他看著 Raymond，驚訝的說：「原來⋯⋯
你也和我一樣的⋯⋯」

Raymond 慈祥的說：「對啊，哥哥也是由小到大也
有著濕疹的煩惱。小時候，我很討厭它們，每一晚也痕癢
得不能入睡，同學們也常常嘲笑我的皮膚。你明白我的感
受嗎？」

「嗯！嗯！」他連忙的點頭和應。

Raymond 繼續說：「但漸漸地，我明白到它其實是
我身體的一部分，與其要每天和它敵對，不如，就嘗試一
下和它共存。然後，我慢慢明白，」Raymond 看著手臂
上的年月痕跡，他輕輕的撫摸著它，掛上溫柔的微笑說：
「你畢竟是我的一部分，我又怎捨得討厭你？」說罷，再
看著眼前的自己，語帶雙關的為他送上力量。

頭上的角，腳上的蹄，皮上的鱗，背上的駝⋯⋯統統
也源於我們的基因，統統也有著存在的原因。

「時間也差不多了，進去吧。」拿回西裝外套，
Raymond 牽著少年說：「我們一起進去吧。」

少年拖著成年後的手，哪怕血液未曾流通，但兩顆心
靈也順利連接，二人走到課室的門口，少年忽然卻步說：
「等等！」

少年站在原地，解下鈕子，捲起了雙手的袖口，露出了久未見光的雙臂痕跡，再展露天真的笑容向 Raymond 說：「現在，我和哥哥一樣了。」

　　Raymond 感動的點頭，再牽著他走進班房裡。

　　「老師！」Raymond 高呼：「我願意和 Raymond 二人一組。」

　　老師用那空洞的眼神看著他說：「你肯定？」

　　Raymond 看一看身旁的自己，再堅定的和老師說：「我肯定。」

　　一瞬間，窗外傳來強風，班房內的同學和老師也變回正常的模樣，而那位少年背上的便利貼，也隨著風吹至後會無期的角落，他由衷的看著 Raymond，感激的說：「謝謝你。」說罷，身上再發出銀光，一縷一縷的化成細雪隨風飄揚，為 Raymond 的這段記憶，增添一抹潔淨的純白。

　　Raymond 帶著笑的合上雙眼，額上的晶片亦隨即變幻成雪花般的白。我把他扶到椅上休息，上方的裝置停頓了，而我的第一次，也總算順利完成了。

　　待 Raymond 甦醒後，他向我和 Mory 道謝，再拿著他的西裝外套，放下他剛到埗時的傲氣自大，走到大門前準備離開。

「怎麼了？不冷了嗎？現在不用穿起那件外套了？」
我打趣的說。

Raymond 聽後笑了一笑，說道：「不用了。」再看
著雙臂的疤痕說：「有些東西，一開始看時可能會感到討
厭，但當你了解過它的過去後，其實，它也可以變得耐看，
變得可愛。」

「對啊，」我點著頭，再帶點逗趣的說：「就如我今
天剛見你時一樣。」

或許，就是因為我們的雙眼長於前方，我們的人生就
註定了要不斷的面對。

面對比我們更強大的人；

面對比我們更軟弱的人；

面對那揮之不去的過去，

面對那令人不安的未來。

又或許，「面對」，其實沒有我們想像般困難，

挺直，微笑，看著對方，

這樣，便可以了。

/怪奇馬戲團

月黑風高，沙塵滾滾，怪奇馬戲團的車隊又來到了下一個城鎮。

「超乎想像！目不暇給！
一趟衝擊眼球的旅程！
怪奇馬戲團 The Freak Show」

夜正涼，風起了。團長下車後整理一下帽子，再把宣傳海報拋往天際，讓它們隨風飄散，吹至有緣正常人的門戶，吸引他們前來飽覽，車內的一群不正常的奇異怪胎。

團長拿著鑲有銀色獅頭的拐杖在樹林間視察，確定這裡隱蔽得來又有足夠空間，便吹出一聲口哨，示意團員下車築起帳幕，而即將的數天，這裡便是他們的暫時居住所。

要找一個較偏僻的場地，只因這種演出算是黑市的一種。各國政府以人道為由極力打壓他們的表演，但美名背後的原因，團長心知肚明，就是為把異類殲滅，提取基因，阻止他們繁殖下去。

現時世上剩餘的怪奇馬戲團，大概不多於十個，他們也在世界各地苟且偷生，踏遍天涯尋找永恆的落腳點。

　　雖說如此，但這類馬戲團的門票絕對是價格不菲，也是上流社會名門望族的暗黑玩意。看著次等的物種在你面前載歌載舞，使出渾身解數，就是他們最樂意看到的畫面。

　　弱肉強食，誰說只出現於大自然？

　　「團長，主場館的帳幕築好了！」肌肉發達卻頭腦簡單的怪力說。

　　「哈哈，果然是老手，這麼快便弄好了。」團長滿意的說：「怎樣？其他團員開始陸續休息了嗎？」

　　「鬍子小姐說要先到河邊洗澡；象人和侏儒想多練習一下拋接的動作；蛇男剛巧開始脫皮，爬到了樹上避席。除此之外，其他團員也進入帳幕休息了。」怪力數著笨拙的手指說。

「很好。那麼……剛加入我們的畸孩呢？他開始適應了嗎？」團長問道，再隨手在口袋中拿出了煙斗。

「唔……我想，他還需要一點時間。」怪力惋惜的說，再把粗糙的手放到團長的身旁。

「謝謝你，老伙伴就是老伙伴，始終是你最懂我。」團長笑說，再拿出火柴在怪力的手指上劃了一下，火光亮起，點燃煙斗，一吸一呼，一縷煙圈便從團長的口中逃脫，獲得真正的自由。

「他還是個小孩，怎會不想家？」團長慨嘆說：「況且，被放棄的滋味又怎會是好受的？」

「被排斥也是難怪的，誰叫我們是天生的怪胎？」怪力拾起地上的木枝，折斷後再往前一拋說：「可以的話，誰不想得到喜愛？但奈何我們的外形就是不討好，我們就是怪物，這就是我們的命，是不帶運的命，是只可默認的命。」

團長抬頭看著怪力的臉，是夜月色分外皎潔，更能反照出他眼眸裡的光。怪力在團中的外貌最凶狠，但心地卻是最善良的，沒有太多人知道，尤其是那些以貌取人的上等人。

團長把煙斗弄熄，再輕輕拍一拍怪力的背說：「別想太多了，明天還要演出，早點休息吧。」

　　「嗯，你也早點休息吧。」怪力回答。

　　「團長！團長！」鬍子小姐喘著氣跑來，一臉惶恐的說：「有人……有人發現我們了！」

　　團長聽後，立即拔掉拐杖上的銀色獅頭，再提起它往天一吹，拐杖瞬間傳出一聲震耳欲聾的巨響，叫醒了所有的團員。

　　「鬍子小姐，你幫忙數齊所有團員上車，別忘記仍在樹上的蛇男。去！」團長發號施令說：「怪力，儘量拖延時間，讓團員疏散。」

　　「收到！待會兒在營車會合！」怪力把二頭肌充血，準備好迎戰。

　　「應承我，我們要在車上見。」團長凝重的說。

　　怪力卻神氣的回答：「說好了！車上見。」

　　許下承諾後，他們兵分兩路，怪力往西邊走，團長往東邊去。大概這種走難已經見怪不怪了，但是儘管身經百戰，團長的內心依然難受，到底，他們何時才可享受真正的自由？

「33，34，35……」鬍子小姐小心翼翼的數著。

「多少人上了車？」團長焦急的問。

「38。一共是 38 人。」她回答。

「連同我和你是 40，還有怪力便是 41，怎麼還欠了一個？」團長激動的說：「蛇男呢？你有沒有聽我的話去找他？」

「有……有，我有帶他上車。」鬍子小姐顫抖的說，卻一邊指向伏在窗邊的蛇男。

「那麼……是誰給遺漏了？」團長心緒不寧的唸唸有詞。

一陣咆哮聲從遠方傳來，團長回頭一看，竟看到四肢被荊棘纏繞著的怪力，滿身鮮血的拚命向前跑，而被他抱在懷中的，原來是第 42 位團員：畸孩。

團長見狀立即衝上司機座，開動引擎，再按鍵打開後座的平安門。

「怪力！差一點便到了！撐下去！」團長從窗邊探頭，用盡氣力的嘶叫。

舉步艱難的怪力開始露出疲態，眼皮帶點下垂的看著懷中的畸孩，溫柔地說：「大概……大概我不能陪你們到下一個場地演出了。但是……但是我希望你謹記：不是你有問題，只是這個世界過於封閉。替我們這種異類，好好活下去。」

　　說罷，再用盡僅餘的氣力，把畸孩一手拋往營車的方向。

　　早說過了，怪力在團中的外貌最凶狠，但心地卻是最善良的，現在，大家也都知道了。

　　蛇男用柔軟的身軀於車尾接穩畸孩，團長亦強忍著淚水，拉下引擎，向著未知的前路全速前進。

　　天地蒼蒼，前路茫茫。

　　能落腳的不是家，可泊岸的如曇花。又一個錯不在他們，卻又被迫逃命的夜晚，車內的人不過是人，累透了便熟睡了。

　　寧靜的夜晚，現在，就只剩下月光和淚眼，在同一天空下，為同類的他，逝去的他，偷偷的呼出牽掛。

/一日一蘋果

就是因為曾被討厭，今天的你才會如此希望被喜愛。

沒有得到過的，偏偏是最想得到的。

放在櫃子裡的糖果給家人放得高高在上，明知太甜的牙齒會被蛀，你也依然無懼的踮起腳尖，伸延全身的每一個關節，就是為了嚐到那顆如禁果的糖果，享受糖分在舌尖融化的片刻愉悅。哪怕被發現的代價太高，你也願意接受看牙醫的痛，下次再下次仍會再做。

曾經的小息時段，同學們總會互相交換零食，牛奶糖換成香口珠，朱古力換作橡皮糖。父母擔心你的口腔健康，便把蘋果用紙巾包裹給你作茶點，健康給捍衛了，但同學卻不太領情，紛紛用奇異的眼光給你作回應。有位個子較高的同學是首領，他用吃不盡的甜頭作人情，教唆其他同學集體把你杯葛，隔離，再排斥。

你吃水果，他們吃糖果，本是誰也沒錯，偏偏總有些人愛畫小圈子，而你就是那位被圈中的不幸兒。

你在遠方看著他們，孤獨的把最後一口蘋果吞下，不忿的把果核吐在地上，而這種仇恨，亦悄悄在你心內萌芽，扎根，再長出不能磨滅的葉。

　　蘋果樹結果了，你也成熟得不再長高了。

　　當免費的牙科保健早已完結，當年邁的父母老掉了牙，你也無須再為了誰而拒絕糖分，卻漸漸學會利用甜度來取悅身邊的人。

　　手腕的蜜糖美味可口，嘴內的香精口甜舌滑，曾經的苦澀令你領略到人的本性就是愛甜，交際只需千口甘，把太甜的後遺拋諸腦後，好好享受此刻被擁戴的感受，盡情細聽他們口中的「不夠！不夠！」

　　「甚麼？你竟在這裡吃蘋果？」你指著前方的他不屑的叫，再帶領身旁的人向他嘲笑。

沒有得到過的，偏偏是最想得到的，明知自己因為擁有而變得失心瘋，但貪婪的人類從不會滿足，得到過後，誰願放手？犯錯過後，誰又真正可回頭？

　　因為曾被討厭，你想得到喜愛，但為了得到喜愛，你卻變得討厭起來，亦成為了自己承諾過不可變成的那種人。牙齒蛀光全因日積月累的糖分，大牙掉下的一刻，就是你不守信用的教訓。

　　一日一蘋果，醫生遠離我；一日一糖果，我也背棄我。

　　大牙脫落，是糖分的錯，還是自卑惹的禍？

/自己騙自己

　　騙局最高的境界，莫過於連自己也被欺騙。

　　派對聚會，假裝投入的舉杯歡呼；家人面前，擺出一副「不用擔心」的嘴臉；朋友面前，還能用智慧金句去鼓勵大眾。看似一切安好，但怎麼獨個兒面對鏡子，鏡內人總是愁眉苦臉？

　　累積的問題，纏繞的死結，即使你不碰不聞，並不代表它會從此消失，甚至撥亂反正。

　　明知是不適合自己的事，別再自欺享受。

　　世上從來沒有好壞，只有適合與不適合。旁人總愛吹捧著某些興趣，某些工作，某些成就多好多好……但當中經歷著的過程，你比誰都更清楚。不合適的，就是不合適。

　　明知是傷害著自己的人，別再自欺接受。

　　別再當那悲情主角，明知是痛苦，也掛上笑容默默承受。你一邊麻醉自己，一邊把血淋淋的心奉上，最終還是不被珍惜。若然天真得想把對方改變，不如先改變自己的自尊底線。

明知是情緒不穩定的心，別再自欺如常。

四季不會天天天晴，晚空不會夜夜澄明，你的思緒，又豈可秒秒冷靜？人不快樂，很多時是因為我們不讓自己不快樂。脈搏會跳動的人，自然會有情緒，沒甚麼不妥，沒甚麼大不了。

人生太多的問題，那個答案，你也是知道的；奈何，你就是不想面對，你就是要欺騙自己一切如常。

我們逃避，因為我們害怕面對；我們害怕面對，因為我們害怕一無所有，害怕前功盡廢，害怕接受現實，害怕情緒崩潰。但是，一直的自欺，難道又不是一直默默的折磨自己？

真相可能是殘酷，但它未嘗不是長痛不如短痛的救贖。朋友，別再自己騙自己，昂然面對事實，哭過鬧過後再度踏前，相信總好過，被自製的謊言牽引一輩子。

/變色龍之淚

變色龍的淚，是甚麼顏色的？

總覺得雜誌上的心理測驗，比起校內的數學測驗來得更複雜，更加令人摸不著頭腦。

簡單至「口袋內有一粒波子，你認為它是甚麼顏色的？」；

中階至「你走進樹林，第一眼看見甚麼動物？遠方的河流是緩還是急？」；

複雜至「9型人格」和「16種性格分析」⋯⋯

對你來說，也講不出那不用思考便能單憑直覺回覆的答案。人大了總會想多了，或許是我們做慣了教育政策下的試，難怪現在連心理測驗也會思前想後，總覺得要答到「對的答案」，甚至是，別人想聽到的答案。

曾經的個性如色彩般分明，你的憤怒是紅的，你的憂鬱是藍的，你的正義是黃的，你的神秘是紫的。若然今天的我向你暫借五秒，五秒後，你又能否準確的，誠實的，不吐不吞的說出屬於你的個性？

沒有答案的，不要緊；回答了的也不一定是真。

就承認吧。

你不是樂觀的，只是樂觀的人較為討好你才擠出笑容；

你不是主動的，只是被冷落被遺忘的寂寞感太傷太兇，你才力竭聲嘶的證明存在；

你不是絕情的，只是過去的真情被不幸輯錄在笑話集中榮登榜首，你才斬斷情絲免成笑柄；

你不是殘酷的，只是世界的陷阱只向善良的人進行捕獵，為了生存，為了自保，你才披起狼皮提防戒備。

回憶的基因在你體內產生突變，你的皮膚長出了凹凸的質感，如變色龍般順從環境改變色調。

被紅包圍便染紅，草叢之間換上綠，藍眼看著喜歡藍，黃雨之下舉黃傘。

為了迎合別人，為了呼應世界，你再沒有真正喜歡的顏色，只剩餘人前人後的變色。

回到棲息的居所，變色龍終於哭了。

原來牠的眼淚是透明的，沒有色彩，卻比彩色更為真確。誠實的東西是透明的，只有說謊的人才需要左塗右掃，用廉價顏料來瞞騙觀眾的目光。

變色龍流淚，誰可明白牠的累？

/ 不是那種人

　　為了迎合別人，難道明知不適合也要選擇強忍？

　　大概孤獨的感覺很可怕吧？就是因為這種恐懼，任憑我們再多不肯不想不情願，我們也會改變自身的個性，扭曲心內的價值，掩飾偽裝時的難受……去令別人喜歡自己，去令某個群組接納自己。

　　終於，你看似被接受了，你彷彿成為了他們的一分子了，但是怎麼快門按下，咔嗒一聲後，你看著合照竟會感到格格不入，甚至，會對相內人的笑容感到陌生？

　　情人是黑你是白，你無須沾污心內的潔。
　　口甜舌滑的蜜語，嚐多了自然會膩。他想你改變，他想你配合，他想你為這段關係做多一點，他想你滿足他的忽發奇想……因為他的一句，你踏前了又要讓步，難怪這段關係始終原地踏步。

　　群組是圓你是方，你無須割掉本性的角。
　　有人便有小圈子，而這些圓卻不一定令人愉悅。他們只說是非，他們只談酒肉，你卻在拉攏和劃界之間掙扎。

若然你甘願磨蝕獨有的角，試問有一天，你還哪有力量把虛假的圓刺破？

世界是冰你是水，你無須凝結自身的柔。

在全球暖化下的冰河時代，世態炎涼得冰冷，大隊坐上雪橇在通往大方向的航道上滑行。沸騰的夢想冷卻了，另類的小徑冰封了，眾人聽教聽話吃飽穿暖便算了。你會選擇凝結，還是如水般流向仍相信的夢寐？

你的顏色是鮮明的，你的形狀是獨有的，你的形態是自由的。當所有東西混為一體，就造就了獨一無二的這個你。就是因為你是如此的珍貴，你又怎捨得把你輕易的給取替？

親愛的，若然你不是那種人，那麼就請你不要刻意 fit in，亦無須要把強裝的笑容掛於人前。

不要害怕獨行的孤獨。

世界之大，只要捉緊心房的地圖，你總會找到屬於你的類同，亦會覓到所屬的芳蹤，無顧慮的載歌載舞。

/ 過去不可笑

當每人也有過去，誰又有資格去踐踏，別人的過去？

每段往事，每次曾經，彷彿也帶點美中不足。因魯莽犯錯，因不智撞板，甚至有時候，命運之輪把厄運送上，我們只可無奈接受。回首每次經歷，已跨過的，未放下的，統統也是有血有肉的歷史，而不是讓人取笑的故事。

每段過去也在身上劃下傷痕，我們盡力蓋掩，我們設法淡忘。它們明顯而深刻，我們可能曾視它為羞愧，卻被有心人視為討論話題。

軟弱無力的人，並不可笑。

當一個人倒下，並不代表他懦弱，只是我們不知道他背後經歷了幾多的打擊和創傷。

曾犯過錯的人，也不可笑。

不同的錯也是成長的附屬。我們也任性過，衝動過，年少無知過，明知故犯過……若然你我也錯過，哭過，誰又有特權用聖人的口吻說你不是？

眼淚不難看，傷痕不羞恥，因為它們也記載了我們的成長。拿別人的過去當笑話的人，或許，他們本身才是最大的一個笑話。

　　人生的路真的不容易，我們也在這人生的戰場上拚命戰鬥，有時候，真的會疲累。但面對這殘酷的世界，即使害怕也要假裝堅強，哪怕無人攙扶也要挺身站起⋯⋯試問，誰又敢說這種努力不偉大，誰又敢笑這樣的你不勇敢？

　　生活，彷彿就是背負著沉重過去卻同時要輕鬆自若向前走的旅程。話可救人，亦可傷人，無謂因為一時之快，因為一時貪玩，來加重當時人的負擔，甚至刺激那將近復原的傷患。

　　別拿別人的過去當笑話。
　　過去不可怕，受傷也不可怕，最可怕的是，冷漠令這城市失去了應有的同理，涼薄令世人忘記了一個強大而又溫柔的道理，它叫作，將心比己。

four

生日的謊言

第 四 章 |

生 日 的 謊 言

天黑了，狼人請睜開眼。

告訴我，現在你想吃掉哪一顆真心？

「狼來了，狼來了！」入夜後的村莊，驚惶的小牧童
叫喊著。受騙過的村民，有的聽而不聞，繼續埋頭手上的
工作；有的只怕萬一的攜著利器衝上山。

冷眼旁觀的在嘲笑著兵荒馬亂的；甘願被騙的在責罵
著無動於衷的。

狼人殺，是殺掉了村民，還是扼殺了信任？

狼來了，是騙徒的手法下賤，是受騙者的下場可憐，
還是……雙方也造就了這沒句點的合演？

騙與被騙，大概是種相輔相成的二人前。

「你可以先把手袋放於地上。」我有禮的建議。

「不用了,我抱著它便可以了。」於梳化椅正襟危坐的她冷淡的回答,再不自在的把手袋抱緊一下。

她叫 Nuna,是今天的最後一位客人。看她一身黑色連身裙的商務打扮,應該是下班後匆忙趕過來的。忙了一整天,瀏海也有些被油脂佔潤了的光澤,眼影有點化開了,而眼袋下的暗也趁遮瑕膏甩色後悄悄的跑出來了。

大概,她昨晚也睡不好吧。工作的疲倦最多能令我們入眠,但要徹底的睡好,試問有誰又真的能做到?一日你找不到腦海回憶運作的開關,一日你躺在床上也會繼續回顧,繼續運作,繼續遺憾,繼續不甘,然後,繼續重複。

燈掣關上了,但狡猾的思緒又準時開啟了。

人生,難怪會這樣的疲憊。

「這樣的話,你很難放鬆心情進行接下來的程序的。」Mory 拿著他的專用鋼筆,從旁介入說:「相信我們吧,嘗試讓自己慢慢放鬆起來。」

帶點忐忑,夾雜不情願,Nuna 也跨出了第一步,把手袋放於椅旁的地上。我從口袋中拿出了一張 Mory 早前替我印刷的卡片,雙手遞給 Nuna,再有禮的自我介紹:「你好,我叫 Joe,是你今天的回憶維修師,這是我的卡

片。」Nuna 冷漠的接過後，沒有特別深究，便把它放在椅旁的手袋內。

「很好。」Mory 笑著說：「那麼，今天前來找我們是甚麼原因？」

Nuna 緩緩翹著腿，再把雙手交叉的放於胸前，明顯地她不習慣沒有手袋放於膝上的感覺。她猶豫了一會，再簡潔的說：「情傷……」

「明白。」Mory 坐於檯角，稍稍靠前的說：「能告訴我們多一點嗎？是和誰的？過程又是怎樣？」

Nuna 由左腳翹著右腳的坐姿，轉變成右腳翹著左腳，她看著天花無盡的白，眼神沒太多焦點的說：「都是那些千篇一律的故事吧。和男友……不……應該說是前男友，一起了四年，在上年過生日的那一天和我說分手。不遲不早，就是要在這種日子和我說這種事。」Nuna 苦笑一聲說：「算他狠，為我準備了如此深刻的生日禮物。」

不計閏年的話，每年也有三百六十五天，有些日子對我們也有著相同的意義，如聖誕節、除夕夜，和一些永不忘記的數字；但同時，某些日子對於不同的人而言，卻有著旁人不能同步感受的意義，如結婚周年，年度生辰，初吻時分，喬遷紀念……

所以說，理性的年曆本是日復日的雷同，是人們賦予它意義，某月某日才能觸動我們的內心。有些人總會勇敢些，他們竟敢把意義加持，令某個數字進化成雙重的意思，如結婚周年碰上孩子誕生；生日之喜遇上求婚之美；不清楚新的意義會否令舊的意義給削弱了，我只知道當其中一種意義給消失了，那一天就註定會是額外的痛，那種痛，甚至能扼殺本來存在的意義。

　　所以，那些把意義重疊的人，真的是異常的勇敢。

　　「那麼……你和他分開的原因是？」我追問說。

　　Nuna 看似是望著我，但眼神仍是失焦的說：「在我回答你之前，我可以問你一條問題嗎？」我感到一點唐突，但仍回答說：「請。」

　　「我想問，你們男生哦，真的會因為『淡了』而提出分手嗎？」

　　我想了一想，再說：「我想……也不排除這個原因吧。」

　　「那麼為甚麼淡了就不用再想辦法調味？」

　　「這個嘛，可能男生想有一些私人空間，一些靜下來的時間去……」

「當真？」她打斷了我的話：「定還是，『淡了』是當有了第三者移情別戀後，最能保障你們男生的面子，不讓你們掛上『壞人』名牌的方法？」

我遲疑了一陣子，再說：「那又不一定的，可能有些男生真的感到情感和熱情淡了，想沉澱一下，休息一會兒呢……」

Nuna 笑了一聲，再看著我說：「你說出來也心虛吧？我和你一樣，也曾經這樣想去安撫自己失戀後的胡思亂想。但現實，往往是殘酷的。」她停頓了一下，再握緊拳頭的說：「他真的有第三者。而那個第三者，更是，更是我認識的。狠，他真的狠，他們真的是狠。」一字一句，Nuna 的嘴角也充斥顫抖，眼神仍存在恨意。

所謂的三角關係，原來就是二人的狠，導致一人的恨，而三人的心中也存在著抹不掉的痕。

被愛侶拋棄已能令人心如刀割，但若然那一刀是情人牽著朋友的手一起捅下，愛情與友情同步淪陷，難怪眼前的少女已從童話國一夜甦醒，長大成痛失知覺的創傷後遺症患者。

Mory 把雲石托盤遞到 Nuna 的眼前，向她解釋接下來的程序：「但願待會兒我們能協助你紓緩這種痛苦情緒。

來，讓我先替你戴上這塊晶片。」再拿起晶片靠近 Nuna 的位置。

「我自己來便可以了。」Nuna 一手從 Mory 指尖間拿走晶片，再把它放於頭上的位置說：「是太陽穴這裡對嗎？」

Mory 保持微笑，點頭回應。

待 Nuna 把晶片貼穩後，Mory 再拿起膠囊說：「那麼現在請你服下這顆膠囊，放鬆心情，再躺在椅上閉上雙眼。」

Nuna 接過膠囊，在指間轉動著，再定睛注視著它。我看不透此刻的她在想些甚麼，但她就是猶豫著的若有所思。

「放心哦，這不會致肥的。」Mory 打趣的說。

Nuna 看著 Mory，沒有客套的擠出笑容。

Mory 把托盤放於身後的工作檯，再看回 Nuna 說：「還有，它沒有副作用，不會令你今夜失眠，從而影響你明天的工作表現；它亦不會令你皮膚出現紅腫，從而留有痕跡令擔心你的家人懷疑甚麼；它亦不會影響你的食慾，

從而令正等待你吃晚飯的朋友刻意詢問你的近況。這樣，你可以安心了嗎？」

Nuna 帶點尷尬的看著 Mory，卻終於擠出了客套的微笑。

「每件事情也想得太遠，小事一樁也可以無限聯想。難道，這樣的你不感疲倦嗎？」

Nuna 沒有說話，但以點頭作回應。

「相信我們，吃下這顆膠囊，然後好好睡一會。這一年來，我知道你也累了。」Mory 說。

Nuna 輕輕嘆一口氣，再緩緩把膠囊服下，連同支撐不了的眼皮，安躺在梳化椅上。隨著 Nuna 額角的晶片發出淺黃色的光，天花上的裝置也開始啟動，再播放出一首耳熟能詳的歌曲。

「Happy Birthday to you…Happy Birthday to you…」

在生日歌的演奏下，四面牆開始浮現出大大小小的氣球，天花上懸掛了七色的彩帶，房間的中間亦放置了一個

生日蛋糕，上方插了兩枝蠟燭，一枝白的，一枝黑的。而站在蛋糕旁邊的，是笑得甜美的 Nuna，以及曾令 Nuna 笑得如此甜美的前男友。

「生日快樂，許個願吧！」前男友從後擁著 Nuna 說。

「我希望，你以後也會這樣疼我。」Nuna 甜笑著說。前男友把頭靠近 Nuna 的耳背說：「把願望說出來，不怕它不靈驗嗎？」

「不怕哦。」Nuna 把頭輕輕一轉，嘴巴擦過前男友的臉頰，再在他的耳邊說：「因為這是說給你聽的。」

說罷，她虔誠的凝望著眼前的蛋糕，閉起雙眼合十祈求，再吹熄了白色的那枝蠟燭。

躺在椅上的 Nuna，晶片開始發出紅光，而房內的畫面亦開始產生異變。上方的七彩彩帶變成了血紅色的麻繩，而前男友的鼻子開始變形，延長，再逐一刺穿了四周的氣球佈置。每當一個氣球被弄破，場內的燈光便會暗淡一度，同時亦會傳出一句過去的對白，漸漸地，整個房間剩餘的，就只有無窮的漆黑，和無間斷屬於 Nuna 回憶的聲音：

「我不是有小

我們還可以當朋友嗎？」

「明年生日，我們還

「我一直想

「我們還是妁

「

「對不起，求你原諒我，和原諒她」

「我今晚約了

沒甚麼，反

「我不是存心想傷害你的」

騙你的」

「生日快樂，我有些東西想告訴你」

以一起慶祝嗎？」

說，只是不知道如何開口」

姊妹嗎？」

很好，只是我的問題」

友吃飯，

你不認識的」

愛情腐爛不要緊，生命還有友情可投靠，唯獨連本應最可信賴的友人，也走進前情人的懷抱向你揮別，難怪這雙重打擊會為被遺棄的她造成死心塌地的內傷。

有人說，友誼第一比賽第二，但在愛情的競賽裡，誰又真可大方得把位置拱手相讓，再親手把冠冕放在知己的頭上，得體的說聲恭喜，懂性的道出祝福？

Nuna 太陽穴上的晶片轉化成深紅色，而上方的裝置亦開始投影，逐步展示她腦海中最暗最痛的影像。

「應該會是慘不忍睹的畫面吧。」我心想。

焦距開始轉清，眼前的畫面……出奇地，竟和剛才的接近一樣。只是 Nuna 和前男友的嘴巴也是被黑色膠紙封閉的，而在他們旁邊，亦多了一個擺設，是一面鏡子。

我稍稍踏前了半步，看到鏡子裡映照著的，原來不是二人相擁著的畫面，而是 Nuna 一人呆站著的獨照。我疑惑的看著此情景，思量著鏡中的身影到底是代表過去或是未來的 Nuna，定還是，她是 Nuna 某個潛藏陰暗面的投射？

梳化椅傳來聲音，我回頭一看，發現 Nuna 已醒過來，患得患失的看著前方的畫面。

「你還好嗎？」我走到她身旁慰問她說。

「嗯，還可以。」她冷漠的回答，和我沒有眼神接觸。

房內是一股令人渾身不自在的沉默，投影出來的人被封著嘴巴不能說話，剛甦醒的她看著活現的恐懼不想說話；詞窮的我一時三刻亦不懂接話……

空氣安靜得沉重，真想有些突如其來的聲音能打破這數分鐘的零分貝。

「Happy Birthday to you…Happy Birthday to you…」

懸掛的裝置大概也抵受不了這教人窒息的肅穆，它開始傳出了這首由男友哼出的生日歌。

音樂播放完後，投影出來的 Nuna 開始合上雙眼許願，再彎下身子準備把蠟燭吹熄，可是，當她把頭靠近了蛋糕後，卻發現自己的嘴巴給膠紙封著了，怎麼拚命也呼不出一口氣來。她失意的把身體站直，讓前男友把她從後擁著，然後，生日歌再次傳出，播放後她又嘗試吹熄燭光，失敗後又再次立正，待生日歌停止後又重複一次……如是者，他們二人不斷的重複著這一系列的動作。

Mory 和我，梳化椅上的 Nuna 和鏡內的 Nuna，也靜靜的看著這不斷重播的畫面，我們始終沒有說話，而燭光亦始終繼續燃燒。

我在想，被膠紙封著的嘴巴到底被靜音了哪些說話？

心聲被封住了，委屈便會浮於面色了；

解釋被封住了，誤會便會無所遁形了；

真相被封住了，黑白便會水乳交融了；

讚美被封住了，心靈便會憤世嫉俗了；

良心被封住了，信仰便會無疾而終了；

謊言被封住了，猜疑便會銷聲匿跡了。

太多人想發聲，但更多人想把你滅聲，或許我們的嘴巴早已被膠紙封住了，只是它的顏色是透明，你我才會一直意識不到它的存在。而真正的恐怖，是膠紙身上只存有你一人的指模。

到底，前男友被封上的嘴巴，是用來說謊，用來解釋，還是用來抗辯的？而 Nuna 被貼牢的嘴巴，是代表著有口難言的苦衷，還是說不出聲的傷痛？或許，就是要留待把膠紙貼上的人把它親手撕除，我們才會聽到密封後的答案。

「你猜，他們到底想說些甚麼？」我靠近 Nuna 身旁問。

Nuna 回過神來，裝作不經意的說：「還有甚麼好說？又是那些千篇一律的對不起吧。」

「那麼，你願意接受嗎？」我問。

「不做的也做了，接受不接受，還重要嗎？難道一句對不起便可把對方受過的痛一筆勾銷嗎？」Nuna 苦笑說：「有時候，說對不起根本就不是真的感到內疚，卻只是當事人想令自己好過一點的救贖吧。他們當然想得到我的原諒，那麼他們便可以得到赦免，再繼續他們的貪婪人生，繼續他們的風花雪月。那麼我呢？我又如何？我卻要獨個兒去面對這種被出賣的後果，我想問，這樣真的公平嗎？」

談感情時談公平，這種計算又是否真的公平？

比賽，選舉，交易……公平一點當然更好計算，但情感關係又能否真的把二人放於天秤，把感情量化為方程，再 50/50 的著重公平？

若然是這樣的話，情侶間應該不止用膳時要奉行 AA制，安慰時間也要 AA 制，今天我鼓勵了你 3 小時，明天到你安撫我 180 分鐘；

出門口的速度也要 AA 制，今早我 15 分鐘便把髮型弄好了，15 分鐘內，你的眼睫毛還未貼妥，也請你與我準時踏出門；

進食的分量也要 AA 制，這陣子你正減肥節食，我便要和你一起忽然茹素，若然吃剩的秋葵剩餘一條，記緊用刀把它從橫切面平均分開，才算是合情合理。

還有，還有，剪髮的頻率呢？小解時的用時呢？分娩時的劇痛呢？這些那些也需要 AA 制，來確保一段關係的「公平性」嗎？

說到這裡，大概你也會認為我在口出狂言吧。但是，若然你也贊同當中的不合理，我們還應否在每段情感關係中也嚷著公平，卻又同時做著令對方不公平的行為？

或許，談感情就不應該談公平，因為任何的關係，根本也不應是一場對壘。

「那麼，你並不打算上前撕開他的膠紙，接受他跟你的道歉嗎？」我看著 Nuna 說。

Nuna 依然冰冷的從椅子站起，雙手翹著，眉目裡存有不忿的說：「不打算。我懶理他想說甚麼屁話。你當我就是不大方的，反正錯的不是我，我不原諒他也是理所當然的。」

「當然當然，這畢竟是你的選擇。」我點著頭看似附和的說：「但是，一直把這段過去放於心頭，一直用記恨去懲罰雙方，難道你不感疲倦嗎？」

Nuna 牢牢的盯著我，眉心更是繃緊，眼神亦帶有敵意的說：「你是甚麼意思？即是說這是我的問題對吧？」

「我不是這個意思，我只是⋯⋯」我冷靜的回應。

「你根本就是這個意思！」Nuna 紅著耳的插話：「你明白甚麼？你明白我現在的痛嗎？你明白忽然被出賣被背叛的那種孤獨感嗎？你知道你們這些愛說教的人，滿口談何容易勸人 Let Go 的人是何等的離地和殘忍嗎？你們根本就不明白我經歷過甚麼？你們也根本不會清楚自己最愛的人被另一個自己最信任的人奪去時的難受！你們⋯⋯你們只是⋯⋯」Nuna 喘著氣，淚水亦開始從眼角冒出，再看著天花，輕輕用無名指把淚水抹掉說：「對不起⋯⋯我態度重了。」

我搖一搖頭，微笑著說：「不要緊。」

Nuna 冷靜了一會兒，看一看前方投影出來的自己，再低下頭默默的說：「或許你是對的。這不是任何人的問題，只是我自己放不低。」

「或許你也是對的。」我回覆她說。

她輕輕把頭抬起，再看著我。

「我們這些甚麼治療師，輔導師，維修師⋯⋯統統也是離地的。那麼⋯⋯」我把頸喉鈕解開，捲起雙手的恤衫手袖，再看著她說：「你現在當我是你巧遇的一位朋友，聽一聽我的遭遇，可以嗎？」

Nuna 微微的點頭，眼神亦存著一點不解。

我保持著微笑，再從褲袋中拿出銀包，打開，再展示內裡的二人合照給她看：「她是我的前女友，分手數個月了。」

Nuna 看後神情展露出絲絲的惋惜和同情，再由衷的欲言又止說：「對不起……我剛剛還……」

我搖著頭說：「不要緊。」再把銀包放回手心，認真的看著這張最後合照，低聲的說：「你是說得對的，我根本沒有資格說些甚麼，因為，我也是依然放不低。」

Nuna 唏噓的嘆氣，再感同身受的說：「明白的。若然是真的放下了，銀包內也不會放著你和她的合照吧。」

我把銀包合上，放回褲袋，再紅著眼的向她點頭說：「所以，你的痛，或多或少我也是明白的。」

「對……那種痛真是不好形容。」Nuna 皺著眉說。

「大概是心如刀割的程度吧。」我回答。

「不止！應該是萬箭穿心的程度才對。」

「然後，每天一靜下來便會痛。」

「對，特別是夜晚，一個人在床上回想起更是倍感疼痛！」

「對對！然後整夜也會睡不好，難得睡著了又會給噩夢弄醒了。」

「即使是好夢，但扎醒後發現只是虛構，那種空虛感更是難捱。」

「還未提及有時候那些夢境來得太寫實，睡醒後會恍惚的問自己：這是真的還是假的？」

「真的！然後即使睡得爛透了，第二天也要裝作若無其事，把自己整理好，帶著面具上班去。」

「而上班時寧願忙得半死，也不想有一刻靜下來的時間，去面對腦海掠過的畫面，和那些愛談八卦的同事。」

「的確是，然後下班後又要在朋友面前擠出笑容，和他們笑說我很好。」

「甚至回到家中看到父母，也要掩飾好負面情緒，以免他們擔心和問候。」

「絕對是！接著就是一個人回到房間才敢偷泣，然後重複如前一晚般的煎熬，嘗試入睡，第二天如常生活。」

「然後每一天不斷重複，心情卻是依舊的爛透，然後……」我看著 Nuna，笑著說：「然後，我們今天便如淪落人般相遇，一個還未 Let Go 卻教人 Let Go 的我，遇上知道要 Let Go 但又 Let Go 不了的你，兩個傷了的人，互相安慰，也互相的鬥長氣。」

終於，Nuna 笑了，我也笑了，數分鐘的悲傷接龍後，我和她也一起對視而笑了。

我不是風趣的人，我亦知道我說的話並不是特別的有趣，但原來能夠與同路人互相明白，已足以教人會心微笑。

「你終於笑了。」我衷心的說：「你笑的時候好看得多了。」

Nuna 略有尷尬的撥一撥髮絲，再輕聲的說：「謝謝你。」我一邊調整著右手捲起了的衣袖，一邊向 Nuna 說：「其實，數個月前我和你也是一樣的，甚至可以說比你的情況更糟糕，不想吃，不想幹，不想活，我自己也用了很大的力氣才能如現在般像回個人樣。」整理好右手邊的衣袖後，我再開始捲好左手邊的衣袖，繼續的說：「來到今天，說實話，狀態還是浮浮沉沉的，有時會積極得自覺生命還有其意義和價值，有時會消沉得如被壓在地上爬行般再沒力氣站起來。但是，我有努力去容許自己復原。當然，這不只是靠我自己的能力，也很需要願意把我扶起的一些

人。」我停止了手上的動作，不期然的向 Mory 的方向望了一眼，我們對視微笑，彼此心照不宣。

「我不知道自己何時會完全康復，甚至我和她的這段關係，可能就是我生命中一輩子的傷口，但不要緊，即使蜜月過後的結局是存在苦澀，我也會選擇不記恨的原諒她，因為，」我感慨的看著 Nuna 說：「我也想原諒自己，灑脫的放過自己。」

Nuna 熱淚盈眶的看著我，我便上前捉緊她的手，以過來人的身分和她說：「原諒別人，其實不是為了別人，卻是給自己一個重新開始的機會，是給自己一個到此為止的解脫。」

做錯了便需要道歉，道歉了便渴望原諒。但當道歉的人道歉了，內疚了，補救了，原諒的人依然不肯原諒，道歉的人便會無奈的離場，遺下原諒的人獨守自困，一個人與執著拉鋸，獨個兒與牆壁強自折磨。

或許，不肯說出的一句原諒，漸漸會化成自己給自己的一生抱歉。

Nuna 點著頭，堅決的跟我說：「我知道該怎樣做了。」她向著前方的投影看去，眼神堅定的說：「今天就來一場了斷吧。」

她一步一步的向前男友的方向邁進，她站於他面前，猶豫了一陣子，大概當中的恨意還在吧，大概她不想再聽到他的解釋吧，但是，她仍勇敢的舉起右手，把封在前男友嘴巴上的膠紙給親手撕下。

　　「對不起。」前男友說了這樣的一句。

　　Nuna 咬著唇邊，微微的點頭，再看著他擁著的她。Nuna 深深的吸了一口氣，再閉上雙眼的呼出，睜開眼後，便一鼓作氣的把她的膠紙也一併撕下。

　　「對不起。」過去的 Nuna 說。

　　Nuna 眼中的淚光清晰可見，但她卻拚命的控制著它，不容許自己在昔日的創傷前彈下淚水。她緩緩的把手輕撫在昔日的自己的臉上，再簡單卻又心長的說了這句絕口多年的說話：「不要緊，我原諒你。」

　　房內頓時再傳出了生日歌的最後一句，過去的 Nuna 彎下身子，再把蛋糕上象徵痛苦的黑色蠟燭輕輕吹熄。她伴隨輕煙抬頭，看一看擁著自己的前男友，再一起看著眼前的 Nuna 說：「謝謝你。」

　　兩聲道歉，一聲道謝，這段沉重的黑歷史，也伴隨著一切恨怨，化成星光隨風散去。

　　在這狹窄的社會，三人同行也未免太擠擁了。

被排擠的感覺不會好受，原來愛情和友情也需要保持當中的社交距離。如果真的不幸地被兩者聯手摔跌一跤，與其坐在地上指罵對方至天荒地老，不如學懂原諒趁早，大方一點把舊人拋往後腦，放生自己重新上路才算著數。

　　而今天，Nuna 也做到了。

　　我滿足的看著 Mory，期待著他給我的笑容和肯定，但回頭一看，他卻是滿面困惑的看著我，再清一清嗓子向我說：「Joe，你現在看到甚麼？」

　　我疑惑的看回前方，如實的說出眼內的影像：「我看到氣球，生日蛋糕，一面鏡子，仍然燃燒著的白色蠟燭，還有 Nuna……以及她頭上的……紅色晶片……？」

　　我想了一想，再驚訝的向 Mory 說：「怎麼……怎會？不是過去的自己說了『謝謝你』後，回憶就可以給修補的嗎？怎麼她現在……？」

　　「冷靜一點。」Mory 上前到我的身旁，右手輕揉著下巴說：「但這確是有點奇怪，整個維修過程應該已經完成的。」

　　就在我和 Mory 也不明所以的時候，Nuna 卻異常的冷靜。她提起雙腿，不慌不忙的走到鏡子的面前，看著鏡內一直看著整個過程的自己，而那個她，嘴巴依然是封著膠紙的。

「除非……」Mory 一臉認真的說：「有些東西，我們一開始便猜錯了。」

我若有所思的看著這一切，雙手按緊太陽穴，拚命的回想 Nuna 今天說過的話，以及剛才投影過的畫面和聲音。

生日禮物，兩枝蠟燭，兩句道歉，雙重打擊，一面鏡子……鏡子？

「我知道了！」我和 Mory 對望著對方，異口同聲的說：「她們是雙生兒！」

「錯了，我和你統統也假設錯了！」Mory 激動的說：「原來前男友一直擁著的不是 Nuna 過去的自己，而是她的孿生妹妹！」

「即是說，她根本不是被友人搶去了男友，」我如夢初醒的補充：「所謂的雙重打擊，原來是愛情和親情的同時崩壞！難怪……她花了這麼長的時間仍未能重新振作。」

「謎底終於解開了。」Mory 回應：「難怪她的晶片依然是紅色，她仍留在自己的回憶層裡，就是因為，她仍未完成她要完成的重任。」

「砰」的一聲巨響，把我和 Mory 帶回眼前的畫面，竟看到手裡拿著右邊高跟鞋的 Nuna，和滿地閃閃生光的碎片。

我明白了：那一塊由始至終根本就不是鏡子，而是一塊玻璃。昔日的 Nuna 就一直在另一邊看著自己的男友和自己的妹妹慶祝生日，同時亦被這塊玻璃一直的自困著。Nuna 失去了的，卻是她妹妹得到的，而一喜一悲，也發生在彼此同一天的生日裡。

　　Nuna 跨過了那些玻璃碎，把坐於地上的曾經扶起，她惋惜的看著她，再溫柔的把她嘴上的膠紙撕去。

　　「這段時間難為你了。」Nuna 感慨的說：「終於你也自由了。」

　　Nuna 提起了過去自己的手，再帶她走出粉碎了的玻璃框，踏遍滿地尖銳的碎片，再來到生日蛋糕的面前。

　　Nuna 凝望著燭光，再帶著微笑的說：「每一年的生日，我們的生日願望也要和人分享，這一次，我們終於可以獨享這個蛋糕，為對方許一個願。」

　　Nuna 看一看身旁的自己，蹙起眼眉說：「準備好沒有？」

　　她們閉上雙眼，合十雙手，準備許願。

　　「我希望……」Nuna 放聲地說。

「等等，」過去的 Nuna 失措的睜開雙眼說：「說出來便不靈驗的了！」

「我知道哦！」Nuna 笑著說：「因為我是說給你聽的。」

Nuna 直視曾經的自己，為過去，也為當下許下這個願望：「我希望，我們不會再成為對方的負累，我希望我們可以重新學懂相信，我希望我們未來的生日也會快樂，還有，我衷心希望……」Nuna 紅著眼眶的說：「我們會懂得原諒自己。」

她們二人攜著手，一同把白色的燭光給吹熄，了結了這段因背叛而受傷的回憶。「謝謝你。」過去的 Nuna 向著當下 Nuna 的說。

終於，整個場景慢慢化成煙霞散去，而 Nuna 額上的晶片，這一次，也轉變成釋懷的白光。

我在想，我們每一個人也是在傷情路上跌跌撞撞般長大的。一段關係中，騙與被騙也只差一線。我們有時候會是兇殘的狼，吃掉了亦傷透了血淋淋的真心；有時候我們會是村民被蒙在鼓裡也懵然不知，還是心甘情願的繼續受騙；有時候我們會是牧羊人，本以為小小的淘氣無傷大雅，但卻最終因為自己的自私，而為身邊的人徒添抹不掉的疤痕。

自覺不自覺，其實每一個角色我們也曾扮演過；

有心沒有心，我們當過被害者，亦同時當過施害者。

明知謊言有害，我們又何必對自己無止境的繼續施害？

在 Nuna 仍在梳化椅上休息的同時，我拿出了放於褲袋內的銀包，打開了它，再細看一次內裡的合照。

天黑了，懦弱的人閉上眼，

我把口袋中屬於自己的卡片掏出；

天亮了，勇敢的人睜開眼，

再把這個新的身分，插在舊的合照上。

對啊，其實我可以把那張合照抽起再撕掉，但我沒有，我亦不會。因為它確確實實是我的過去，而真正勇敢的人，大概會選擇與傷口共存，再把當下最重要的事添置，為那黑歷史換上全新的意義。

狼來了，狼來了，

由今天起，大概我也不用再害怕了。

/ 人誰無愛錯

　　人的愛本是無限，但投放的愛卻用之有限。

　　母親無條件的初吻，已在你誕生的一天給你烙下愛印，這用幾代緣分才能成就的一吻，為你接下來的餘生注入籌碼，恍如遊戲起初時的紅心，滿滿的，足夠的。

　　就是明知自己足夠，你便不會考慮甚麼捉緊與鬆手，你就是勇悍得敢放手把愛捐贈，不求回報，不望結果，果斷的原因就是單純的：我喜愛。

　　你拿著近乎滿瀉的籃，把一些愛留給家人，一些灑於友人，一些贈給愛人，再把剩餘的撒在興趣上，夢想上，偶像上，城市上。

　　年少的英勇就是不會去想明年怎過，只要此刻的你愛得深，愛得痛快，哪怕籃子內空空如也，你也深信拋出的愛總會歸來。

你敲敲房門，驚覺那無條件的愛已被累積的不滿，飯桌上的冷漠，和現實的條件蹂躪得所剩無幾；你致電知己，漸行漸遠的距離已如來電般未能接通；你重築夢想，未起步已止步，只因這個城市根本沒有足夠的原材料；你景仰偶像，卻發現不磊落的人已不再吸引；你俯瞰夜景，迷霧已令你分不清是水位上升，還是支撐的鋼筋開始沉降？

　　你相信的開始不再實現，你攜著空氣感過剩的籃子，卻尚有一絲的想像和希望。因為，你把最大份的愛，也給了承諾過不會傷害你的他。

　　大概，他會回贈你最大量的愛吧。

　　你滿懷期盼的把籃子雙手奉上，他看過一眼後，並沒有如你預期般把愛放下，卻只笑著勸你及早放下。

　　大概，落空的衝擊也未免太強了，耳膜給震傷了，難怪接下來的幾分鐘，你會完全聽不懂他口中的語言，和心中的寓意。

「……淡了……沉悶了……你太好了……性格不合了……

……方向不同了……想自由了……冷漠了……倦了……

……壞了……變心了……不適合了……我未玩夠了……」

其實原因是甚麼，來到此刻你也知道無關重要了。

一個人的心轉移了，留著軀體也不過是名存實亡的浪費空間，斷捨離著重收納，你寧可把這段回憶真空壓縮於心內，也不願賴著霸佔眼前這沒寫上你名字的擺設。

分岔口上，你們對視，卻沒有敵視，
只因成熟的道別不應幼稚。

你看著他，大方的說：人誰無錯？
他看著你，灑脫的說：人誰無愛錯？

你把愛全贈給他，他卻用祝福回贈給你。

你想要的愛，他沒有放於你的籃子內，但得體的他不會空手道別，卻狠得把石頭放進裡面。

籃子的空間終被石塊填滿了，難怪回家的路，會是如此的沉重。

/ 約前度談心

封鎖了又解封了；刪除好友又加入好友了；
分手後第 76 個限時動態，你又博得他的關注了。

「近來好嗎？」

「還好吧。」

「剛剛看日曆，下星期便是我們在一起的紀念日。」

「對。時間過得真快。」

「想在那一天見面吃個飯，敘舊一下嗎？」

（輸入中⋯）

（輸入中⋯）

「好。」

　　你和他的離合故事並不是甚麼秘密，但這次的約會卻成了不可告人的秘密。你明知道身邊的朋友定會反對，甚至指著你的前額問為何。所以，你刻意的把這次約會在日程表上貼上保密的標籤，以免知己們胡思亂想，或是誤會你會再一次胡思亂想。

你嘗試用最從容的態度來看待這次重逢，但每一夜你也看著月兒倒數，再嘗試在睡夢中與回憶角力。

腦海中很多把聲音在給你意見：
平常心叫你不帶期望赴約；
好奇心叫你留意他的手機屏幕當天是向地還是向天指，還有觀察他左手的無名指；
同理心叫你前事不提，愛情終結也可友誼作結；
好勝心叫你花費一個月的薪金置裝，要全身上下看似風光；
復仇心叫你回想分開時的痛，再讓他當晚迎面感受熱咖啡的燙。

上心下心也忐忑得議論紛紛，幸得傷了的心絕望的拋下一句：真的還重要嗎？
大家才識趣的封嘴，還給你僅餘的半晚安睡。

老地方的裝潢依舊，一樣的吊燈，一樣的餐具，一樣的音樂，而他，也是一樣的遲到。

「今晚餐酒有優惠，要先為你預留一枝嗎？」
你禮貌的拒絕。清醒的詞彙可能未必迷人，但至少是安分，酒精會把心變軟，還是咖啡因能令應說的話不婉轉。

「不好意思，今晚的用餐時間是 90 分鐘，入座後開始計算，你想先落單嗎？」

你看一看手錶，再點頭說好。你看一看餐單，再熟練的說：「麻煩你兩份 B 餐，一份七成熟，一份五成熟，兩份也是配薯菜。還有，五成熟的那份不要紅蘿蔔，可以的話，請多添一點薯角。」

他愛的味道，你又怎會不知道？但人會變月會圓，可能他不再愛吃五成熟，甚至愛上了吃三色豆，天知道？味道這東西隨時會轉，吃厭便不會再選，落選的也不可再怨。

樂師已換了第二位，旁邊的家庭也結帳了。桌上的一紅一白也變得分外冰冷。你呷下玻璃杯印滿唇印的第三杯清水，心水也清得心知肚明。

你示意服務生來結帳，找續過後再離開餐廳，遺下一趟失約，和一筆壞帳。

你不應該失望的，因為你承諾過自己不帶期望出席。只是，今夜你想蹓步一會才回家。

「叮噹。」電話終於傳來他的訊息，是抱歉還是苦衷，來到這刻已不再重要。

你隔了數分鐘待他下線後，按捺著情緒，姑且一看他的解釋。

「記得明天的約會嗎？老地方見。」

你凝著呼吸，按下錄音，再輕描淡寫的說：「抱歉，我明天忽然沒空；況且，我們的紀念日，是今天。」

　　你沒有傷心，同時，你仍未放手；
　　他沒有上心，同時，他從來沒有。

/畫框下視覺

考考你，如何瞬間把腐爛的蘋果變得美麗？
如何瞬間把醜陋的烏鴉變得優雅？
如何瞬間把神憎鬼厭的傢伙變得趨之若鶩？
如何瞬間把一元兩角變得價值千萬？

想不到吧？答案很簡單，就是在它們的四周添個畫框，那麼，不值分文的或是拒人千里的，也會瞬間升價十倍變成藝術品，吸引收藏家叫價拍賣。

相信我，只要把任何東西添置畫框，你便可以愚人愚己的美化它們的存在。

把「謊言」放進畫框，它便會成為為你好的「苦衷」，和不想讓你胡思亂想的「體貼」。
把「逃避」放進畫框，它便是按自己步伐走的「人生哲學」，和堅信世界是美好的「童真」。
把「自私」放進畫框，它便變成為自己而活的「生活態度」，和人之常情的「求生本能」。

你是自我陶醉的藝術家，就拿著畫框回到記憶層中把回憶美化吧！

絕交嗎？那種痛真是一絕。分手嗎？那失去充滿畫意。難過嗎？那愁緒神來之筆。崩潰嗎？那震撼畫龍點睛。

痛苦如浮世繪，創傷如畢加索，不敢觸碰的就鎖進安迪華荷的罐頭內封存，日漸擴散的負能量便綁上麻繩投進水墨中給扎染，始終纏繞的痛楚大可放逐至梵高的麥田上再一把火燒至灰飛煙滅。

把回憶放於印象與抽象間改頭換面，它便成為你驕人的裝置藝術。可惜的是，行家誇獎但無人拍賣，你問為何，他們笑說，他們只是仿製品，失真的藝術不吸引。

鑑賞的人陸續離場，畫廊內只剩餘你一人回顧展品。卸下畫框，你終於看到現實，原來美化了的回憶看似美艷華麗，但總不能令人著迷，沒內涵的藝術談不上收藏價值，卻更見創造者的俗套，脫節，和自欺。

你以為自己是大藝術家，但抽離一點看，這場畫框下的展覽，不過是一場當局者迷的行為偽術。

/越傷越冰冷

曾經熱情的你，是從甚麼時候開始變成冷漠的你？

還記得曾幾何時的自己，情感是自然流露的，喜惡是從不修飾的，愛與恨之間不存在灰色，心房的牆紙是彩色的。也許會有誠實得撞板的時候，甚至直率的個性會令人卻步，但至少，統統也是發自內心的。

那時候的自己，想想也感到和暖；
但是，那時候的自己，想想也感到遙遠。

然後，善於交際的手腕被鏟損了，但皮外損傷不要緊，始終會於幾天內復原的。奈何，就在你還善良得懵懂的那天，你的信任被踐踏了，你的真心被刺穿了，你傷得不懂得重新站起，被掏空的內心就只剩餘恐懼和不信任。

身體愛你，它便自動把心房的防禦系統開啟了。

慢慢地，你的情緒不再波動，平復得如沒風吹過的湖泊。每天算不上是難過，但又不感受到快樂，常常處於一種沒感覺的狀態。

慢慢地，你的交際止於心外，太深刻的太深交的也拒於門前。會刻意的壓制心內的衝動，說話會分外禮貌，舉止會儘量克制，不為任何人輕易動情。

寧願和人保持距離，也不敢再打開心扉，重演上一齣的爛戲；

寧願把笑容給摧殘，也不祈求陽光燦爛，溶化裝出來的冰冷。

你不知道無感的知覺是因為痛慣了還是康復了，你只知道，把心房冰封了，便會麻痺得不再感到疼痛了。

朋友說，很掛念曾經那熱情的你；
你說，真巧，我也是。

/一步退一步

明知道他的「沒有下次」只是謊言絕技，但為何心軟的你，依然會一而再再而三的甘願屈服？

從不想當一個冷酷無情的人，也不想絕情得只靠理性做人，但當心房的良善被一再提取，忍受的耐性不斷被挑戰，說好的承諾又再給踐踏……大概你也會累吧。到底，是眼前的他太自私，還是鏡前的你太不智？

面對情感的勒索，你選擇讓步。

曾以為自己可以吞下所有關係間的委屈，那些不合理的解釋，那些所謂的白色謊言，你也算了算了的不去追究。然後你發現，自己已沒有了上訴的勇氣，以及追問的力氣。你問你，為何自己要愛得如此卑微？

面對過分的請求，你選擇讓步。

早已說好了只會幫他一次，畢竟大家也有自己的責任和人生，但下一次，他又來到你面前苦苦哀求。「見死不救」「多年感情」「走投無路」……這些字詞也未免太沉重了，重得把你刪掉原則，無奈的幫他「最後一次」。

面對扭曲的荒謬，你選擇讓步。

那間公司不容許員工喝咖啡，那間學校不容許學生用藍筆，那間劇院不容許觀眾流眼淚。若有一天，呼吸是罪，喝水是罪，挺胸立直是罪，我們就是否願意閉著氣，乾著嘴，於床邊瑟縮一角嘆奈何？

有人說，退一步海闊天空。但若然你的後退卻換來了對方的步步進逼，你的承受卻換來了對方的變本加厲，那麼⋯⋯退一步真的是海闊天空，還是只會失足墮進他所設的無底黑洞？

有時候，讓步只會令對方得寸進尺，而無止境的縱容不一定能夠換來他的感激，卻會令你的內心增添無力。

今次，退一步；下次，讓一步；
一步又一步，親愛的，你還有沒有退路？

/ 遍體不鱗傷

若然每段關係也是成長的一課，那麼為何學了這麼久，你和我的心上，依然是傷痕纍纍？

或許，在尋覓愛的過程中，我們也曾經，甚至依然把自己放在一個卑微的位置。妥協自己迎合他人，收斂性格逗人微笑，欺騙心房說句沒事……漸漸地，他的喜惡成為了你的所有，而你個人的喜怒哀愁，卻被自己親手的埋葬。

然後，埋藏在內心深處的情緒終於開始腐爛，透過血管滲透至皮膚表層，侵蝕你的敏感神經，再形成一個又一個至今也仍未復原的傷口。

別再欺騙自己了，這段日子你也心知你累透了。
今天他快樂，又害怕明天的他不快樂；
今天他熱情，又擔心明天他會突然冷淡；
若然他停留，又忐忑這份溫度可以撐多久；
若然他離開，又懷疑自己不能再找到下一位去愛。

親愛的，別再沉醉於飾演那位悲情主角，亦別再自困於單向的情感關係中。

　　其實，你不需要愛得遍體鱗傷；
　　其實，你有離開的自由。
　　其實，你是有選擇的。

　　傷風感冒要康復，便要準時服藥休息；
　　情感傷患要復原，便要適時離場自療。
　　每天以新傷口蓋掩舊創疤，你說，你又怎可能完全復原？

　　天空很闊，世界很大，別為不值得的人苦心守候，你也可以不妥協的往前走，你也有無拘高飛的自由。

five

夕陽下的痛

第五章 |

夕陽下的痛

你寧願別人對你失望,還是寧願別人對你不帶任何期望?

人都是自私的?我倒不太認為。至少在我生命中遇過的很多人,他們也不是為了自己而生活的。他們有的是為父母的期望而活,有的是為伴侶的喜惡而活,有的是為社會的標準而活。

他們慷慨得放棄自己的取向和意志，一生一心致力滿足他人，不允許別人對自己失望。

　　有趣吧？原來我們生存了多久，卻不代表我們為自己活了多久。也許身分證上的只是虛齡，要重新計算生活年齡，相信匆忙的城市人根本沒有這種心情。

　　你呢？此刻的你多少歲？

　　「時間過得真快！這樣便 65 了！」Mory 拿著他的鋼筆，在座位上看著文件驚訝地說。

　　「唉？原來你已 65 歲了？」我於桌前躊躇著說，一邊閱讀著下一位客人的資料。

　　Mory 瞇起雙眼看著我，壓下嗓子無奈的說：「你真的認為我像 65 歲嗎？」

　　「那又不至於，最多 64 歲吧。」我打趣的說。

　　「哈哈，你真風趣。」Mory 裝作生氣的說：「我不是在說我，是在說你！」

　　我瞪著雙眼說：「我？」

Mory 點著頭解釋：「對！我是說，一眨眼，你已在這裡工作了 65 天了，過了今天便會順利過渡試用期了。」

「真是不經不覺！這樣便三個月了！」我吃驚的說：「很久也沒有這種時間過得這麼快的感覺了！」

有時候，我會懷疑時間真的會越過越快的。每一年的倒數過後，新年目標還未完成，寒風吹過自覺添衣，耳邊便會隨即奏起〈又到聖誕〉。而年末和摯友相聚的夜晚，大家也會嘆息著唏噓，不約而同的說句「今年過得真快」，然後一說再說，青春年華也積著雪。

年復年，月復月，把時間線上的某些刻度放大，總會發現有些相對緩慢的回憶，如看著秒鐘發呆的一分鐘，於手術室外等待結果的一小時，或躺在床上時光倒流的數晚夜。原來用航拍俯視生命，時光比光速來去得更快。

有人說，難過才會度日如年；如今日月如梭，怎麼又不見得大家的日子過得分外美好？

「那麼⋯⋯」我把手上的文件放下，再帶點吞吐的問：「你認為我的表現如何？」

Mory 聽後從容的放下鋼筆，再微笑的向著我反問說：「你自己覺得呢？」

我不自然的搔一搔鼻子，再回答：「我也不太清楚，你覺得呢？」

一連串的問題答問題後，房外傳進了敲門聲，Mory看一看門口的方向再對著我說：「完成這案件後，我們再慢慢研究。」

我點一點頭，整理一下襯衫，準備好心情迎接試用期內的最後一位客人。

踏進房門的，是一張神色抱歉的臉。

「對不起，我比預約的時間來遲了。」上身穿著黑白灰幾何圖案衛衣，下半身穿著淺藍色牛仔褲和白波鞋的他說。

「不要緊，只是遲了5分鐘，沒甚麼大不了。」Mory友善的說。

「不！遲到便是遲到了！真是不好意思。」他堅持己見的說。

這位抱歉先生叫作Wilson，從事廣告創作的工作，難怪從他的外觀也能看得出一種時髦的感覺，梳著油頭，戴著文青玳瑁眼鏡，很容易聯想到他平常拿著咖啡，和戰

友在會議室馬拉松式開會時的模樣。儘管他的外形伶俐，但眉心總是繃緊的，鏡片下的瞳孔亦散發著不自信的閃縮感，一開口，便能明顯地從他的字裡行間，聽得出那不擅辭令的吞吐。

如果沒有猜錯，他應該是一位常要裝作外向的內向人。

性格是與生俱來的，理應沒有好壞之分，但愛批評的人總喜歡把個性區分。他們會說，外向的人就如陽光般亮麗，能帶給別人溫度的，能給予群組能量的；相反，內向的人就只好無奈地配上不同程度的標籤，如缺乏個性，欠缺自信，過分冷漠，忽視禮貌。

真是有趣，明明內向本身就是一種個性，那麼何來內向的人會是缺乏個性？猶如畫作上的留白，我們又豈可評論那抹白為缺乏色彩？

奈何，在這表面的城市裡，外向的人才會被聽見，內向的人卻被噪音蓋過無人問津，他們為了生存，為了被留意，就只好套上取寵的外殼，於喉嚨間內置擴音器，寧可體內排斥，也不願在社會被排擠。

如是者，市內越來越嘈吵，但內向的人卻從未減少過。不知道，刻意主動裝扮成外向的內向人，剛剛在你身邊又有否掠過，甚至，站在鏡前你又有否看過？

「所以你今天來找我們的原因是？」我急不及待向坐在梳化椅上的 Wilson 說。

Wilson 聽後面色一沉，再低下頭看著自己的白波鞋不發一語。

「是關於工作？愛情？還是其他範疇的？」我嘗試引導他說。

「……是關於我和我的母親的……」他喃喃自語的說。

「明白。」我點著頭說：「能告訴我多一點你們的關係嗎？」

Wilson 把雙手放在大腿下壓著，聲線依然是輕柔的說：「可能是因為我在家中排行最小的關係，母親總是把最多的關注放在我身上。」

「你有多少兄弟姊妹？也能說多一點嗎？」Mory 在旁提問。

「我有兩個哥哥和一個姐姐。大哥很早便輟學，這些年來也不斷轉工作，總是浮浮沉沉的；二姐在幾年前結婚後，便專注在自己的家庭上，已經很久沒有回來探望我們；而三哥更是誇張，數年前到澳洲打工假期後，便索性在當

地扎根，再沒有回來的念頭。所以，基本上照顧母親的重任也在我身上。」Wilson 回答。

「你剛剛說，母親總是把最多的關注放在你身上。那麼，我可以這樣詮釋嗎？」我說：「母親也放了最大的期望，和最大的壓力在你身上。」

Wilson 的雙腿輕輕提起，雙臂的肌肉亦繃緊起來，他沒有說話，只是微微的點頭作應對。

我忽然想起了童年時聽得最多的一句說話：我為你好。

曾經的自己還未懂事，大腦的過濾系統還未成熟得能分辨外來的好壞，在不敢拒絕的情況下就只好任人唆擺，一直拿著自己的原子筆，來剔下別人手上的願望清單。

A 餐吧，多菜少肉，我是為你好；

理科吧，較為專業，我是為你好；

現實吧，腳踏實地，我是為你好。

回到今天，回望出發了近三分一人生的旅途，我不會說別人的出發點是錯的，但我們夢寐的終點又是否一樣？

你的好，來到我身上便一定是好嗎？

我的壞，放在你的身上也可以是不賴吧？

原來，這個世界是有這麼多人，會主動的要求我們變得被動。到底，生命中大大小小的決定，有幾多是自己真心選擇，又有幾多是無奈的被選擇？

我為你好，可能不過是種一廂情願的控制慾。

若然真的為我好，為何還要我委曲照做？

「我相信，你的哥哥姐姐做不到的事情，你的母親也會把那達成不到的希望，加諸在你的身上。好比是順利畢業，安穩工作，和一直的陪伴。我說得對嗎？」我坦白的說。

「對……完全是這樣。」Wilson 也坦白的回應。

「身為家中最細的，你應該是最聽父母話的一位吧。」我說。

「的確，從小母親便說要『聽父母的話』，因此我也絕少拒絕她的要求。甚至是，長大了也不敢逆她的意。」他踢著腿，帶點無奈的說。

「所以你人生的大小事也是由她一意孤行的決定嗎？」我單刀直入的問。

Wilson 用右手搔一搔額頭掉了下來的頭髮，再靦腆的說：「也不能說是一意孤行的，只是……只是每當我要下一些決定時，她總會有點意見就是了。」

「例如是？」我問。

「譬如說，在我大學選科時，她會說：『你選甚麼也沒所謂，但你要知道讀哪些科目出來社會後會較易找工作就可以了。你知道這些年來我供書教學有多辛苦，千萬不要像你大哥般一事無成。』又例如當她在我到了適婚年紀時，會在電話中和朋友說：『我的細仔才不會拋下我不理，要我孤零零的獨守空房。即使他結婚，也會和我一起住吧。』但我知道，她是說給我聽的。」

又是這種當事人拒絕承認，但卻是每家每戶隨處可見的情緒勒索。控制慾的高手，無須用繩索捆綁你的雙手，卻只須用言語令你感到難受。

真正殺人於無形，原來就是一種令你自動投降的唇槍伎倆。

「那麼，你甚麼也聽她的話，相信她一定最痛錫你吧。」我一邊說，雙手一邊把膠囊和晶片放在托盤上。

「又不是……」Wilson 低聲說。

「甚麼？」我誤以為自己聽錯了。

「……不是。」他的身體開始帶點顫抖。

我把托盤放在桌上，再疑惑的看著他說：「怎會不是？你是甚麼意思？」

「母親她……她……」Wilson 把頭抬起，眼眶充斥著淚水的說：「她很討厭我！她一定是很憎恨我！」

然後，淚水便不期然的流下來，滴在被手心抓皺了的牛仔褲上。

Wilson 突如其來的舉動令我反應不過來，Mory 連忙走到他的面前，把紙巾塞進他的手中，再在他耳邊說：「不要緊，慢慢深呼吸，吸氣，呼氣……」

Mory 溫柔的安撫並沒有令 Wilson 平靜下來，相反，他的呼吸卻越趨急速，不斷的搖頭，眼淚亦失控的氾濫道：「她很討厭我……我知道她很討厭我……她一定，她一定很討厭我……」

看著淚如洪水的 Wilson，令我更想知道一顆又一顆淚珠背後，到底埋藏了怎樣的一個故事。我放輕腳步的走近他的座椅，再直接的問他說：「為甚麼她會如此討厭你？」

　　Wilson 喘著氣，嘗試把腦海中的紊亂化成語言清楚交代：「我⋯⋯我⋯⋯因為工作關係⋯⋯錯過了，錯過⋯⋯就這樣錯過了⋯⋯」

　　「你錯過了甚麼？」我有點不耐煩的問。

　　「我⋯⋯我錯過了⋯⋯錯過了見她的最後一面⋯⋯」Wilson 全身顫抖的說，洶湧的淚水亦沒有平復過。

　　「所以，你感到很愧疚，因為你錯過了見母親的最後一面？」我仍理性的嘗試重組他的說話。

　　Wilson 拚命的點頭，一邊嚎哭著一面回答我的提問：「我⋯⋯我也不想這樣的，只是，只是碰巧那一夜我要和同事通宵趕一份計劃書給客戶，沒有時間檢查電話的訊息。之後，當我有空查閱留言和未接來電時，才發現⋯⋯才發現⋯⋯」說到這裡，Wilson 已講不下去，卻只懂自責的哭泣，和唸唸有詞的說：「她一定很討厭我⋯⋯」

　　「我想了解多一點，」我鍥而不捨的說：「在你加班工作的那一夜，當你⋯⋯」

「Wilson，閉上眼，調整呼吸。」Mory 忽然終止了我的提問。

我有丁點不是味兒的看著 Mory，不知為何心中湧現出一種不被尊重的感覺，但他沒有看過來，眼角也沒有留意到我的不悅。

「嘗試想像雙手是一朵盛開的花朵。」Mory 慢慢的說：「張開時吸氣，含苞時呼氣，一張一合，一吸一呼……」然後，他按下了遙控器，上方的錐體裝置亦噴出了一抹花香，讓 Wilson 逐漸鎮定下來。

「做得很好。手心和呼吸繼續同步，吸氣呼氣，張手捉緊……」Mory 繼續安撫著他的情緒。

而我便趁這個時間拿回桌上的托盤，再站到 Wilson 的身旁，把晶片貼在他的太陽穴位置。

其實，我是留意到的，Mory 正看著我為 Wilson 貼上晶片，但是我沒有用眼神作回應，只是集中精神做我覺得應該做的事。

「有沒有感到好一點？」Wilson 緩緩的張開眼，Mory 看著他說。

「嗯。」Wilson 默默的點頭，眼神亦帶有恍惚。

見狀，我立即說：「那便好了，那麼我們便可以開始維修程序了。」再把托盤上的膠囊放在他面前說：「吃下它，然後閉上雙眼，我會幫到你的。」

Wilson 躊躇不定的看著膠囊，遲疑了一陣子，便把它吞下，然後再一次閉上雙眼，讓回憶主導他的思緒。

我把托盤放回桌上，伸延一下雙手，便準備好解決 Wilson 一直以來的心結。晶片發出淺黃的光，上方的裝置亦開始啟動，投射出屬於 Wilson 回憶的畫面和味道。

第一陣傳出的，竟然是一陣濃烈的香蔥味。

接下來的，是一群小孩嘻嘻哈哈的吵鬧聲，和廚刀觸碰砧板的聲音。

「媽！你看！這是我自創的花形水餃。」一位小女孩說。

「媽！先看我的！我包的是蘑菇形的！」一位小男孩說。

「哈哈，弟弟你滿面也是麵粉了！」另一位男孩笑著說。

「好了好了！要包快一點，不然我們今夜便沒有水餃吃了！」一把中年女士的聲音傳出。

四周的畫面開始逐漸清楚，畫面是一個帶點凌亂又有些狹窄的廚房。四個小孩在雪櫃旁的小桌子上包著水餃，而母親就在爐頭旁切著香蔥，攪拌著餡料。

　　整個畫面大概是無數家庭平凡不過的瑣碎事，但對那一刻的他們而言，相信是最簡單的一種幸福，如那些水餃一樣，是無添加味精的，也是長大後不一定再能嚐到的味道。

　　童年的味道和快樂，大概就是成年人千金散盡也買不到的奢侈品。

　　「媽！我們想喝汽水！」個子比較高的男孩，相信是大哥，叫嚷說。

　　「好吧，自己到雪櫃拿吧。」母親仍埋頭苦幹的攪拌著香蔥和豬肉，卻警告他們說：「但不要給弟弟喝，他身體不好，喝汽水不健康。」大哥跑到雪櫃旁，打開，再拿出了三罐汽水分發給在旁的小女孩和男孩，除了個子最小的弟弟。

　　他們三人把汽水一口氣灌下，再比較誰的打嗝聲最響亮，笑著鬧著，便把呆坐一邊包著蘑菇形水餃的他給忘記了。

「媽！我想和哥哥弟弟出去尋寶！可以嗎？」小女孩站了起來，拍打著裙上的麵粉說。

「可以，自己小心點便可以了。」母親把一大鍋水燒開，小心翼翼的把水餃放進內裡，卻不忘叮囑說：「但不要帶小弟弟出去，他手腳不靈巧，易生意外。」

小女孩露出了燦爛的笑容，再牽著身旁哥哥和弟弟的手，往廚房的門奔往說：「走吧！我們去尋找屬於我們的寶藏吧！」

畫面瞬間由熱鬧變為冷清，廚房內只剩下煮著水餃的母親，鬱鬱不樂的小弟弟，以及那滾水沸騰的聲音和蒸氣。

水滾，下餃，攪拌，煮開；

灑下幼鹽，撒下蔥花，倒進一碗冷開水；

等待，再滾，浮面，上碟。

母親把筷子和熱騰騰的水餃放在桌上，再回到鋅盤前埋手把碗碟清理。

「媽……為甚麼只有我吃的？哥哥姐姐呢？他們不用吃嗎？」小男孩疑惑的問。

「吃東西時不可說話，快吃。」母親把整鍋滾水倒進鋅盤內，蒸氣湧上她的臉，再帶點模糊的說：「你的哥哥姐姐哦，他們不會再回來的了。」

小男孩不明所以，卻只懂專心的吃。

「媽，很燙口，我吃不下去。」他被餃內的肉汁燙傷了舌頭，皺著眉頭說。

「吹一會兒便涼，然後便可吞下了。」母親回答。小男孩惆悵的放下筷子，思考了一陣子，再靈機一觸的走到前方的雪櫃旁，打算偷偷喝下汽水給舌頭降溫，給心頭添點甜。

就在小男孩把雪櫃門打開的一剎，雪櫃內傳出了一陣又一陣帶雪雹的冷風，廚房內的廚具逐一被吹得天花亂墜，熱燙的水餃亦瞬間冷卻吹倒在地上。

「我不是叫你不要喝汽水的嗎？」母親雙眼空洞的看著男孩，力竭聲嘶的說：「你為甚麼不聽我的話？」

隨著 Wilson 額上的晶片轉成深紅色，房間內亦傳出一句又一句令他永不忘懷的對白：

「為甚麼你現在才接電

「阿媽死了！已

她臨終前，一直看著大門的

「你覺得工作重要些

「你竟然錯過了

見她最後一面

「人走了，你

「枉她這麼疼惜你，你竟然

「我們真的盡力了，節哀順變」

？」

再不會回來了！」

，期待見到你」

還是你的家人重要些？」

信這會是她一輩子的遺憾」

「她離開的一刻
　　一定是帶著傷心的」

幾多也是沒有價值」

對她」

一刻的錯過，就造成了一生的難過。

畫面散去後只餘下代表愧疚的深黑，和 Wilson 額角上不斷發出閃光的紅色晶片。

「Mory……」我匪夷所思的問：「為甚麼他的晶片會不斷閃動的？」

「這代表他現在的心情和情緒極之不穩定。」Mory 凝重的說：「Joe，你會考慮暫停這場維修過程嗎？」

「甚麼？暫停？當然不可以！」我理直氣壯的說：「我有信心可以順利完成！」

Mory 語重心長的說：「但是，以他現在的狀態，我恐怕……」

Mory 的話還未完，裝置又再一次啟動，從中傳出了一些滾動著的機器聲。Mory 和我往前方一看，投影畫面出現了一部跑步機，上方喘著氣奔跑著的是過去的 Wilson，而他的前方擺放著的，竟然是……一副垂直擺放的棺材，而棺蓋是沒有蓋上的，內裡躺著的，是一張充滿怨恨的面孔，她是 Wilson 的母親。

過去的 Wilson 不斷跑，不斷跑，但始終觸碰不了前方的母親。

「你為甚麼不來見我最後一面？」母親怪責說。

「……不是……不是這樣的……」過去的 Wilson 哭著叫喊。

「連你的大哥和二姐也有來看我，為甚麼你不來？你心裡還有我這個母親嗎？」

「有……真的有……我也不想這樣的……媽……」

「你知道由小到大我也是最疼你，最照顧你，最想為你好的。但你竟然這樣對我，你就是想我死得不瞑目，是嗎？」

「媽……不是這樣的……我……我……」

跑步機的速度越來越快，過去的 Wilson 即使筋疲力盡，也只好哭著跑下去，為求得到母親的原諒。

「媽……我想問，你是否很討厭我？」他眼神帶滿絕望的淚水問。

母親瞪大雙眼，不用思考的說：「是！你傷透了我的心，你令我很失望，我就是這麼討厭你！」

「Joe！你看！」Mory 示意我往後一看，只見躺在椅上的 Wilson 滿頭大汗，額上佈滿青筋，雙手握得繃緊的喘著氣。

我不知所措的看著 Mory 說：「為甚麼會這樣的？那麼……那麼現在該怎麼辦？」

　　Mory 決斷的從褲袋抽出遙控器，對準上方的裝置說：「沒辦法了，要立即終止維修程序。」按鈕按下，整間房也瞬間變回原來的白。Wilson 的呼吸亦開始慢慢的冷靜起來，連同我的心跳，也漸漸的平復下來。

　　「我們下星期再嘗試一次吧。」Mory 禮貌的向 Wilson 說：「有時候，深層的壞記憶不是一朝一夕便可處理好的。慢慢來，給自己多一點時間。」

　　Wilson 離開後，房間便剩餘我們兩人，曾對我有期望的他，和令到他失望的我。

　　這一刻的我沒有勇氣直視他，更莫說是跟他對話。我知道自己根本沒有資格說些甚麼，所以只是低著頭的裝作處理文件，承受著這分秒間的沉重。

　　「我有給過你這麼多文件工作嗎？」Mory 打開話匣子，明知故問說。

　　我卻只是繼續裝作整理文件，沒有回應，亦不懂得回應。

　　「Joe，過來和我聊一會兒，可以嗎？」Mory 坐在工

作桌上，輕輕的拍了兩下旁邊的位置，示意我上前坐在他的身旁。

我提不起勁的走到他身旁，再坐在桌上，但始終是不發一語的無言著。

「讓我猜猜吧……」Mory 把手指放在下巴，裝作在思考的說：「心情很糟糕？」

「……嗯。」我說。

「覺得自己很失敗，很不甘，因為完成不了試用期內最後的一個個案？」

「嗯……」

「覺得自己令我失望了，因為即使我勸誡過，你還是一意孤行的繼續？」

「嗯……嗯……」我緩慢的抬高頭，擔心凝聚成珠的淚水會把持不住，流到臉上。

Mory 搖一搖頭，再拿著遙控器按下按鈕說：「心情爛透了，不如就看些美麗的東西調劑一下吧。」

上方的裝置瞬間發出光線，投影出影像，下一秒，房間四周被溫暖的紅光包圍，我和 Mory 置身在湖面上，一起看著夕陽西下的景色。

「每一次當我感到不快時也會看日落，它彷彿在告訴我，世事是公平的，美好的，痛苦的，也始終會逝去；唯獨夕陽西下永不會變。日落日出無限載，光影之下有甚麼它沒有見證過？站在夕陽前，所謂的煩惱，根本再沒甚麼大不了。」Mory 微笑著說：「你呢？你喜歡看日落嗎？」

我沒有回應，只因我再也按捺不住的淚水，已是我此刻最誠實的答案。

Mory 把手輕輕的搭在我的膊頭說：「好好哭一場吧。夕陽如此美，沒有淚光，根本沒資格與它對望。」

大概是雙眼的濕度令我的視線變得模糊，其實我也看得不太清楚眼前的夕陽，但令我記憶猶新的，是 Mory 那雙實在而又穩重的手，很溫暖。這種微溫，是可以把冰封的外牆給溶化的一種溫度，也是可以把內心的赤子喚醒的一種暖。不炙不燙，一切剛好。

心情稍為平復了後，我揉一揉哭得紅腫的眼睛，再帶點不好意思的說：「我好一點了⋯⋯剛剛⋯⋯真是對不起。」

Mory 故意的問：「為甚麼要說對不起？你有甚麼是需要道歉的？」

「你知道的……」我的聲線不自禁的變小:「剛剛和Wilson……我知道我不應該這麼魯莽。」

「哈,原來是因為那回事。」Mory 笑一笑,再看著遠方的夕陽說:「但是,我有說過要怪責你嗎?」

我有點支吾以對,卻仍未敢直視 Mory 的雙眼。

Mory 如實的說:「是,今天的你的確是比平時的你更為進取,甚至是有點衝動,沒有了以前的謹慎和冷靜……」

「這只是因為我想證明給你看我是可以的!只是……只是我沒有預料到……」我衝口而出的插了話,卻又說不下去。

「我知道,我知道。所以我剛剛便說沒有想過要怪責你了。」Mory 一貫慈祥的說:「而且,你不想令我失望,想告訴我你是有認真工作,是值得留下來的,對吧?」

我默默的點著頭,不知道是因為夕陽的光還是被他說中的話,我的淚水又湧現起來,模糊了眼前的焦點。

「與其說是要責怪你,我反而想稱讚你一下。」Mory 看著我說:「Joe,你還記得三個月前,剛剛來到這裡時的自己嗎?」

記憶的腳步倒行，回到了三個月前的時空，我看到了那個失去生命力的我，沒有理想，沒有目標，無需要時間，不理會日夜的那個自己。不遠，卻很陌生。

　　Mory 閉上了雙眼，回憶著從前說：「還記得那時候的你，整個人也是烏雲蔽日，鬱鬱寡歡的，相信那是你人生的低潮吧，失去了工作，失去了一段珍惜的關係，亦放棄了向前看的視線，放棄了再次飛翔的自由。」

　　一隻海鷗於天與海間飛過，夕陽面前牠不過是剪影，看不見五官卻尚餘分明的輪廓，自由的，驕傲的，彷彿整個世界也是屬於牠的。

　　「然後，感覺的時間比實際的時間走得更快，」Mory 看一看他那沒有時分針的手錶說：「我們便來到這一刻了，甚至，你已經把當時的那個你，確確實實的化成回憶了。所以，不管你相信與否，我也懇請你接受：你做得很好，你真的做得很好。」

　　我搖著頭，不敢承受 Mory 的讚美，再看著他說：「我根本沒有你說得這麼好……我……我還是有很多時候會懷疑自己，會質疑自己的能力，會常常沒有自信，會不由自主的和別人比較，而且……甚至，我還不時會想起她……我，我根本就還未完全放下……你說，這個我到底有甚麼好？」

「難道，還未放下的就一定代表是負擔嗎？還未釋懷的就一定代表是執著嗎？還未復原的就一定代表是懦弱嗎？我們誰不是攜著一些不願忘記的回憶向前走的？偶爾回望，偶爾偷看，甚至偶爾痛心，這不是代表你軟弱，卻只是代表你真真正正的投入過。人生於世，能遇上事物人情令我們奮不顧身的投入，即使會有損傷，卻是一種幸福的痛，即使最後捉不緊，卻能換到這活著的憑證。

所以，你說你到底有多好？我會說，你的不完美就是你的好。而我想你好好銘記的，就是這三個月來，你確確實實的幫助了很多人，拯救了很多人，而最重要最重要的，」Mory 捉緊我的手，認真的看著我說：「你拯救了你自己，你把自己從過去給拯救了。」

夕陽西下，我和 Mory 也沒有再說話。

看來，Mory 是說得對的。

或許，我真的受夠了傷，或許，我已演夠這場悲劇。

常常等待被救援，卻忘記了自救的本領。

或許，面對這個懂得自療的自己，我們也可給他多一點期望和信任。

/ 原地踏步舞

「各位電視機旁的家庭觀眾準備好了沒有？準備好了便可以站進呼拉圈內跟著拍子，開始和我一同原地踏步！

一二，一二，一二，非常好！

記緊雙手搖擺的幅度要和雙腿一致，不需要太大起伏，只需要保持在圈中，再按著自己的節奏原地踏步。

一二，一二，一二，做得很好。

接著開始控制和留意自己的呼吸，不急不躁的，不慌不忙的，不要讓外來的東西影響你的節奏，保持著一呼一吸的平均感，繼續不為所動的原地踏步。

一二，一二，一二，很好啊！

有些學員會問：老師，這種舞可以增添一些變奏，如音樂節奏，舞步走位，來讓過程變得更有樂趣嗎？

我的答案是：不可以。

改變是存在危險性的，會有受傷的風險，所以請留在圈圈裡，繼續故步自封的原地踏步。

　　一二，一二，一二，太棒了！

　　請儘量把眼神放空，不要聚焦在身旁的其他舞蹈。可能你會看到旁人在跳探戈舞、森巴舞、踢踏舞、嘻哈舞⋯⋯而心有所動。但選好了便不要再轉了，況且你現在已日漸駕馭，那又何必自尋煩惱，甚至承受失敗和挫折的可能？眼不見為乾淨，繼續目不轉睛的原地踏步。

　　一二，一二，一二，完成！

　　雖然『原地踏步舞』看似一成不變，但它勝在易學，穩定，安全，甚至有學員曾跟我說，會越跳越上癮，最終不能自拔，成為終身的興趣。

　　好！今天的節目來到這裡，明天我們繼續原地踏步！各位老友記，明天再見！」

你踏出了呼拉圈，便把無聊的電視節目關掉，然後慵懶的躺在沙發上，吃掉餘下的半包零食，再重播看了 17 次的爛透連續劇。

　　你不去改變，那麼你唯一會改變的便是變老。

　　如果只是一次跌倒，便決定從此原地踏步，放棄遠方的花草，拒絕旅程的美好⋯⋯
　　這樣，年華只會被消耗，大好青春也是徒勞。

　　致青春的舞，請盡情起動至蒼老。

/ 其實怕改變

如果可以的話，可能你寧可維持現狀，也不會選擇改變。

擁有的不是最好，眼前的卻想得到，但結果又未能預告。在進退兩難的局面，我們總會用 1000 個理由說服自己，再保守的安於現狀。到底是因為我們已經沒有了輸的籌碼，還是我們早已虛耗了輸的勇氣？

如同電玩般，我們的勇氣值需要長時間才可累積，但當快要按下按鈕時，一個念頭，一點猶豫，一句說話……也足以把勇氣抵消，打回原形。

面對難能可貴的挑戰，我們選擇故步自封。

一直想要突破，一直想被認同，但機會來了，卻用「自我否定」作應對。若然把想像十萬個最壞情況的時間，用於當下的事情上，今天的你，可能已手執香檳，和替你高興的人千杯不醉。

面對淡而無味的生活，我們選擇妥協接受。

心裡面的 Wish List 越來越長，有熱忱想重拾，有興趣想鑽研，有夢想想實現……但未開始已被結束，只因那日益嚴重的惰性和慣性，早已侵蝕了你心內的隨性和率性。

面對日益變差的關係，我們選擇原地踏步。

問題，總不會是今天才察覺到，但看著那日久失修的危樓，誰也不敢進行維修。以為拖著拖著，奇蹟便會憐憫這段關係；仍然忍著忍著，因為習慣依賴的你，害怕關係圖上的任何改變。

原來表面上，我們也會自圓其說，用一切的藉口謊言，來掩飾心中的不安；只因暗地裡，我們也不敢踏前，我們，也害怕改變。

選擇改變，其實是給自己一個機會，去探索一個更適合自己的人生。即使結果不似預計，至少仍能心甘命抵，於井口外高呼一聲無悔無愧。

踏前一步，以為會塌下的天空，依舊從容；以為會凋謝的薔薇，仍然旖旎。虛驚一場的夢乍醒，睜開雙眼，風光更是明媚，只因心裡孕育著，前所未有的更大勇氣。

/比較量度計

從小你便喜歡比較，和同學比積分，和朋友比月薪，和情敵比出身，和仇人比學問。

比輸了，你會自卑；比贏了，你會自大。

怎比怎較，誰勝誰負，彷彿也看不透你從較量間真正想獲得的是何物。

你匆忙的踏進快餐店，飲恨著三條隊的人龍也是長得可惡。向左看，排最尾的是滿身名牌的暴發戶；往右看，排最後的是衣衫襤褸的流浪漢，兩邊也是你看不起的，所以便選了中間的隊伍排列。

睐眼看著上方的餐牌，比較著不同的配搭，計較著各自的價錢，腦海中卻看見了以前的自己，死性不改的比較著今天的你。

大概，這些年來，也沒有一件事情是真的能令你滿足的。

那次你畢業了，披上畢業袍後便要各自披星戴月，你藉故發問大家找工作的進度，有人進了大企業，有人決定到初創公司磨練自己，有人仍在等待運氣。一聲珍重後，心頭竟浮現出不該的念頭，你亦暗暗視戰友如假想敵般排名分先後。

　　那次你再愛了，明明他對你千依百順，但一旦和舊愛相比，現任便註定處於下風。美化了的及得不到的回憶就如加了濾鏡般，瑕疵總可消失於鏡頭前，陰影被美白了，圖像自然好看了。難怪眼前的他怎學怎做，也就是不及過去的好。

　　那次你失去動力了，你甚麼也提不起勁來，連窗外飛過的喵星人也吸引不了你的關注。你望天，想起一切捉不到又回不去的虛無；你問天，何時才可回到曾經的美好；你怨天，為何人總會老，為何未來總要站在回憶之前，為何以前的自己總是快樂一點？天公沒回應，卻依然做美，用陽光襯托著執迷的你。

　　你看著兩邊的隊伍不斷向前，但自己排著的卻原封不動，便不耐煩的往左邊的人龍走去。怎料，中間的隊伍又突然暢通，騰出的位置卻被剛來的客人瞬間填補。

　　得這樣，想那樣。看到別人的果，卻看不透他們耕種時的汗與淚；羨慕他人的路暢通，咒罵著自身的際遇，但

又有幾多路人真的會如實向你細訴過程中嚐過的酸？你看人好，為何不去看看自己的好？

　　「這邊有請！」最左邊的第四條收銀處開通了，沒耐性的人脫離原有的隊上前角力，當然也包括不耐煩又愛比較的你。

　　遲疑的一秒已令你站於龍尾，你不忿的往右看，卻發現暴發戶與流浪漢，已支付著手中的數元數角。

　　比較是無止境的，贏了也是輸。

　　下個對手總會再出現，你當然可以繼續比試，但同時，你也可以選擇安分守己的不參戰，以不變應萬變，無謂用比較量度計，自製痛苦的過渡一世。

/給自己安葬

選擇土葬，把自己的軀體化成養分回歸自然，我想……
也是生無可戀的人給世界的一種貢獻吧。

天色很暗，但未曾下雨，始終天公是慈悲的。明瞭濕
了的泥沙不好翻，烈日當空又未免太燦爛，所以便選了這
種淺灰，襯托我的心情，好讓我可以輕輕鬆鬆的，給自己
安葬。

拿起工具開始翻土，表層的沙隨風飄揚，再一次著地
便是家。有人四海為家，有人家不成家。這個動作我彷彿
是經歷過的，那個黃昏，沙鷗於沙丘上飛過，我在沙灘上
築起了沙堡壘，父母的臉是剪影輪廓，她叫我不要走太遠，
他說差不多要回家了。風沙不可帶回家，湧浪把堡壘給拆
下，而這段回憶，也隨著時間給風化。

一下一下的翻，地平線已降落到我的腰間。這種深度
用來種植其實最好不過。求學時的課後活動，曾與同學們
合力栽種，小番茄數星期便能見紅，太陽花瞧不起月亮，
埋葬的地瓜卻等候誕生。那年初夏，盛放的花往未來飄散，

畢業禮手執的，婚禮時佈置的，告別式默哀的⋯⋯曾經臉貼臉的面孔不復在，偶爾想念也只可回味，花與花語，沒甚麼是永遠。

　　泥土內發出古怪的碰撞聲，應該是掘到甚麼硬物，用手翻騰，原來是當日埋下的時間囊。一打開，屬於美好的氣味迎面而來，那件玩具，那張即影即有，那本日記，那幾張簽了名的人生歷程，那幾件只有自己才明白當中含意的「垃圾」⋯⋯統統也在向我問好，久別重逢，我卻回答得帶點吞吐。

　　掘了大半天，終於我也置身於四面土，抬頭的天空頓時變得很細，失去生活的熱情，原來就是一種冰冷；失去夢想的鬥志，坐井觀天變成了唯一意義。

　　如今的我，獨個兒自掘墳墓，獨個兒躺於泥土，渴求的寧靜也終於嚐到。我害怕失去，所以不再擁有，我害怕離別，所以先行告別。

泥沙會隨年漸漸的在我身上累積，待到完全的把我覆蓋，我想屆時我便剛好老去了。

　　在這個城市，行屍走肉的人未免太多，而很多人也如我般失去生存的動力，靈魂一早死去了，肉體便把自己親手埋葬了。

　　閉上雙眼，就好好沉睡餘下的數十年吧。

　　咦？怎麼好像天色變暗了，僅餘的長方形天空開始下起雨了？緩緩睜開雙眼，原來是一些熟悉的輪廓在瞻仰著我的遺容，而那些水分竟是源自他們濕潤的雙眼。

　　他們不捨我不忍，流淚眼望流淚眼，原來在生無可戀之時對天睜眼，便能看見最值得的人和事。

　　亂世之中，在你想放棄一切把自己安葬之前，別忘記你還有彼此，你仍可以重新開始，你還有可改寫的故事。

　　現在醒覺，還不遲。

/如果沒有你

不能和你分享的喜悅，又算是甚麼的一種快樂？

曾經，不知道是太年輕，太天真，還是太害怕，竟然不會去深入幻想關於失去的感覺。然後，就在你以為一切安好，窗外風平浪靜之際，他離開了，她早退了，他消失了，她失聯了。那一刻，你看著這突如其來的殘酷，也不自覺的失衡倒地了。

躺在地上，看著天空，你想起了自由的他。

如果沒有你，承諾過的，已不可能再被兌現。

期待過的旅程，記低過的電影，想重去的餐廳，說要走得更遠的約定，說要變得更好的祝福……統統也只好在旁邊的方格內打個交叉，作個了斷。原來，即使事情沒有限期，但關係本身已是一種期限。

如果沒有你，哭笑過的，已不太想獨自回顧。

偶爾回顧的畫面，不管是喜怒哀愁，當下的口中只會剩餘苦澀。在街上不要四處張望，以免觸景傷情；在家中

就早點休息，以免胡思亂想。害怕遺忘，又怕記起，凌晨時分伴隨著的，就只有這份矛盾。

如果沒有你，後悔著的，已不期然的成了遺憾。

未兌現的事情，哪怕今天後悔，明天的你仍然可以補救，但連挽救的機會也沒有，那才是真正的遺憾。人走了，茶涼了，喝與不喝，也沒有人會為你感慨了。

晚宴深刻，不是因為桌上的顯赫，而是席間的座上客。

快樂無價，不是因為看過的晚霞，而是那共享的時間。

大概，你和我也經歷過被遺棄的感覺。

那種痛，那種滋味，那種不好受，相信也無須多說。

所以，如果沒有你，所有的美好也不會再是美好；所有的傷痛，也會隨時間倍感疼痛。

/ 喪禮的眼淚

童年時，我們在喪禮嚷著要離開；

長大了，我們在喪禮捨不得離開；捨不得，他的離開。

還記得小時候，父母曾帶著自己去一個神秘的地方。母親說，等會兒不要亂說話；父親說，看到甚麼也不要亂碰。而在這個神秘的地方，煙很濃，衣物黑，氣氛沉重，眼中帶淚。

孩童問：「大人們怎麼都哭了？」

大人們說：「因為大家也難過他的離開，而這種離開，叫作死亡。」

來到今天，我們也長大了，不管你和我情願或是不情願，準備好或是未有準備，也要開始面對這成長的課題，開始承受生命的重量。一切，也是遲早。

原來當心中的至親離開了，他的一切也會變得前所未有的深刻。他的聲線會在腦海徘徊，他的面孔會在夢中浮現，有些承諾過他的事情，傷害過他的說話，已再沒有兌現和補救的空間。

不知道他離開時還有沒有帶著痛，帶著恨，帶著遺憾？請不要。樂土應該是無憂無慮的，那些痛苦的感覺請留給我，讓我在人間用上一輩子的時間去銘記這種錯過，再用餘生去修補這畢生的缺口。

他死去了，不會活過來了；卻只遺下我一人，死去活來了。

失眠 3 夜，痛哭 8 次，頹廢 15 日，抑鬱 27 天。
大概，也是時候設個限期，讓自己重新振作吧。
買束花，提醒自己生命是如何拚命地燦爛；
看舊照，好好感受他的笑容是多麼的和暖；
說出口，在朋友面前重溫他的善良和風趣。

要哭吧？就大聲的哭，讓淚水蒸發到天國作紀念；
想念吧？就牢牢的記，讓他知道你沒有把他忘記。
但哭過念過後，便要將自己重新打理好，承諾你會為他活得更好。

會想念，會流淚，也會為他好好活下去。原來，他用最後的一口氣為你教授的這堂人生課，就是生命裡真真正正的功德圓滿。

「大人們怎麼都哭了？」孩童問。

「因為大家也難過他的離開，」你想了一想，再笑中帶淚的說：「但同時，也感激彼此的相遇吧。」

six
———————
流星下的光

第六章 |

流星下的光

「謝謝你。」過去的 Wilson 對現在的 Wilson 說，
再隨即化成一縷光散去，這一次，Wilson 額上的晶片終
於發出白光，意味著他與母親的愧疚回憶，也給順利維修
了。

我跟 Wilson 道別，再把他送到房門外離開，待房門
完全關上後，我隨即擰轉身子，表情神氣的對 Mory 說：
「所以，我的試用期是不是順利渡過了？」

Mory 翹著雙手，故作輕浮的說：「很難說，要完成了試用評估才知道。」說罷，他坐在桌子上，再示意我到他的身旁一同坐下。

我帶點緊張的坐在 Mory 旁邊，即使過了三個月，但看著他時仍有一種敬畏的感覺。

Mory 看一看他的手錶，再拿起遙控器說：「時間也不早了，就看一些這個時間應該看的東西吧。」

按下按鈕後，房間四面牆壁瞬間被投影出一片一望無際的晚星，細心一看，更能看到閃耀的銀河和流星。

「嘩……很美。」我歎為觀止的說。

「哈哈，在香港，很難會看到這麼美的晚空吧。」Mory 說。

「我能問你一條問題嗎？其實我想問很久的了。」我好奇的說。

Mory 回答：「隨便。」

我指著 Mory 手腕上那隻手錶問：「為甚麼你的手錶是沒有時分針的？」

Mory 看一看它，再笑著說：「很古怪對吧？其實我拿它作裝飾罷了，不是真的用來看時間的。因為時間根本不用看的，而是擁有的，是感受的。」我不太明白的看著他，等待他接下來的講解。

　　「數年前我到了一間店舖，那裡的老闆跟我分享了一個有趣的概念。」Mory 一面用衣袖抹著錶面，一面說：「那是一間花店，叫作 Timeless Garden，內裡的一道牆，正正是掛著 12 個刻度，卻沒有時分針。我問店主為甚麼，他說他想顧客進入花店時，能忘記時間，不匆忙的欣賞店內的花，好好感受此刻就是永恆的感覺。聽後我覺得很有意思，便訂製了這隻獨一無二，沒有時分針的手錶，每一秒提醒自己，當下才是最重要的時刻。」

　　我認真的思考了一會兒，再看著 Mory 說：「但是，這不是跟我們正在做的東西互相違背嗎？我們的工作，就是替別人修補過去的回憶，這不是和當下這個概念互相矛盾嗎？」

　　「哈哈，怎會矛盾？」Mory 看著星空說：「回憶可以是過去發生的，但當它成為了記憶，便會長留在我們的腦海裡，成為了現在的一部分。除非我們徹底的忘記，否則，只要我們拒絕遺忘，把重要的放於心，回憶也可以是當下，也可以影響著我們未來的每一個當下。」

一輩子發生的事未免太多，但值得的事便值得我們牢牢的記著，不要讓它們在忘與記之間變得模糊，再漸漸的銷聲匿跡。

　　在晚星的眼下不可說謊，我如實的對 Mory 說：「其實……Mory，我想說，我真的很羨慕你。」

　　「為甚麼？」Mory 問。

　　「你好像甚麼事情也是完美的，若然我能像你一半便好了。」我說：「而且，你做的事情真的能夠改變一個人，讓他們重新開始，我也想如你般偉大。」

　　Mory 笑說：「言重了。怎麼了？你很想成為一個偉大的人嗎？」

　　我點著頭，不諱言的說：「對，小時候一直想當一個偉大的人，做一些轟烈的事。但奈何……我就是我，就是平庸不過的一個我。」

　　一顆流星掠過，剛好讓不自在的我找到一處凝望的焦點。

　　「Joe，你知道『偉大』的英文是甚麼嗎？」Mory 問。

　　我想了一想，再回答：「Great。」

「哈哈，對，就是 Great。」Mory 微笑說：「還記得小學時候，做著英文作文堂課時，我問老師『偉大』的英文是甚麼，他回答說『Great』。那一刻我很愕然，心想：就是這麼簡單？」

「真巧，我也曾經有這樣的一個想法！」我連忙的說。

另一顆流星掠過，這次吸引了 Mory 的眼光。

Mory 閉上雙眼再張開，彷彿是用短暫來回顧一生的恆久，再微笑著說：「然後來到今天，經歷了很多，遇過了很多，學懂了很多，失去了很多……或許這一刻的我會說，」Mory 感慨的看著我道：「偉大，可能就是這麼簡單。」

晚星有規律的閃動，彷彿也在偷聽我們之間的對話。

「哪有這麼簡單？」我帶點落寞的說：「也許對某些能幹的人是簡單，但一定不是我，論樣貌，論天分，論出身，論才華……我統統也不是最好，談偉大，我想，大概怎也輪不到我吧……」

「所以，這才是 Great 的美麗。」Mory 溫柔的說：「它就是要告訴我們，只要我們有心，即使不是『Best』，我們也可以偉大。我們不需要完美無瑕，亦不需要妄自菲薄，只要是尚有呼吸仍拚命生活的人；為相信的事情好好活著

的人；僅有千分之一機會仍願意一試的人；看似微不足道卻又不斷默默耕耘的人；用自己方式影響著別人以至整個世界的人；甚至，每天從痛苦回憶掙扎，忍痛身上的傷，再一步一步站起來的人……統統也是前所未有的偉大。

因為，生命本身就是偉大的，而我和你，也是同樣偉大的。」

第三顆流星掠過，我沒有刻意許願，卻又無意中給實現了，而在它消逝之前，我終於懂得微笑了。

「我真的不知道要說甚麼，但是，我只想親口跟你說，」我由衷的看著 Mory 說：「幸好有你，不然，我也不會這麼快便重新站起。」

Mory 帶著微笑的看著我，他沒有說些甚麼，但這 3 秒的寧靜，就我而言，是前所未有的足夠。

他轉過身子，在桌上的文件間翻閱，再抽出了一張紙，細看之下，原來是我三個月前填寫的入職申請表。

Mory 認真的看著表格，再唸唸有詞的說：「三個月內，的確是有值得改善的空間，不過，你是我聘請過的所有人中，最努力不懈的一位，單單是這一點，已值得教我宣佈：你的試用期順利完成。」

我用燦爛的笑容看著 Mory，準備感激道謝之際，他卻繼續說：「但是，很抱歉，今天卻是你最後一天的工作。」

　　「甚麼？」我的笑容頓時消失，再站起來慌忙的說：「你說甚麼？為甚麼？為甚麼是最後一天？」

　　Mory 也緩緩的站了起來，用嚴肅的眼神看著我說：「因為，這裡不是你應該留下來的地方。」

　　我聽後激動的說：「為甚麼不是？我想留在這裡！我想……我想跟你一起工作，跟你一起做回憶維修師，一起幫助更多的人！」

　　「不，你不可以。」Mory 搖著頭說：「因為，這裡根本不是你的夢想。」

　　他把入職申請表遞給我說：「你看看自己的夢想是甚麼？你還記得嗎？」我看著表格上的字跡，看到夢想旁的一欄，上方寫著的那個答案：作家。

　　「Joe，我只能夠陪你走到這裡，餘下的，就要靠你繼續走下去了。」Mory 提著我的手說。

　　「但是……但是我不敢……我不知道應該怎做。沒有了你，我害怕會……」我顫抖的說。

「不用害怕的，如我剛剛所說，只要你把我放在你的心裡，好好銘記這三個月我們一同建立的回憶，我便會成為你每一個當下，會一直與你同行。」Mory 額外用力的捉緊我抖顫的手，彷彿是想把他所有的力量傳贈給我說：「這段回憶，但願能成為你每次重提，也可會心微笑的永久記憶。」

大概，真的沒有人能陪伴自己走到最後，唯獨是回憶，它會成為成長的養分，好的壞的，也催促我們成為更好。

回憶，原來就是生命中的永恆。

哪怕滿臉淚痕，但我仍盡力擠出笑容，為我們回憶的結尾留下最好的印象。我抬頭看著 Mory，堅定而又感激的說：「我應承你，我會完成我的夢想，我會令你驕傲的。」

Mory 笑著搖頭說：「其實，在我們第一天見面，在你準備要放棄應徵卻選擇回頭的一刻，我已為你感到驕傲了。」

說罷，他把手伸進西裝內側的口袋，再掏出那玫瑰木鋼筆說：「這枝筆陪了我二十多年，是時候把它送給你。就拿著它去編寫屬於你的下個章節吧。」

我珍而重之的接過這份告別禮物,感受著它的重量,再向 Mory 道謝:「說好了,我會用它來完成我的夢想。」我把鋼筆袋好,再看著 Mory 的雙眼說:「Mory,謝謝你。」

　　下一秒,就在我也來不及反應的一秒,Mory 的身體竟然發出了強光,再慢慢地化成星塵,準備隨風散去。

　　「甚麼……甚麼? Mory,你……」我滿臉驚惶失措的說。

　　「我終於等到你的『謝謝』了。」漸漸散去的 Mory 面帶莞爾的說:「我們的回憶,總算被我們順利修理了。」

　　「Mory……原來,原來你……」我頓時語塞,只因這趟衝擊實在太大,腦海中已再找不到語言去說些甚麼。

　　「別忘記,你是偉大的,你是可以偉大的。」Mory 用手中最後的餘溫撫摸我的臉,再默然流下眼淚說:「請好好生活下去,約好了,我們會在未來再見。」

　　「嗒」的一聲,Mory 便化作悠揚晚星向夜空飄往。星空下只剩餘我一人,我抬頭望天,撫心自問,心跳聲溫柔的告訴我,原來,此刻的我毫不孤單。

第四顆流星掠過，回眸當初，我感激每段回憶在我的
生命裡流痕過，撩動過，有發生過。

　　但願，在同一星空下，仍被回憶纏繞著的你，跟過去
道別，和自己道謝，再用當下的力量，創造未來的美好。

/ 你有努力過

為甚麼生存在這個城市，彷彿怎樣努力也是不夠？

到底，要多努力才叫作努力？或許我和你在這一刻也未能想出答案。但是，在成長的不同階段，這些所謂的打氣說話我們也聽夠聽膩了：

「要更加努力呀！」

「再努力啲就得㗎啦！」

「你可能係未夠努力啫！」

有人說「旁觀者清」，但當局者心內承受的糾結和掙扎，身為旁觀者的又怎能輕易看得清？

面對過去，你努力的淡忘。

被傷過的心依然隱隱作痛，甚至某些晚上，想到過去依然會默默落淚，但第二清早你依然擠出笑容，強裝若無其事的面對肩上的責任，再說句「我很好」來掩飾心內的難堪。

面對冷眼，你努力的堅強。

　　為了自己相信的事，為了心內相信的夢，你也忘記了受過多少次的冷言冷語冷眼冷嘲。別人說你不可以，甚至你也心存懷疑，但是，你未想放棄，卻用僅餘的堅強堅持下去。

　　面對現實，你努力的反抗。

　　生活很不容易，厄運把你的頭壓下，現實把你的命同化，但是，尚有一口氣，你仍然想呼出屬於你的信念。沒有人知道在洪流內掙扎是否徒勞，但至少你不甘於在大時代下被現實掌控，成為可有可無的單數。

　　堅強久了，誰不會累？

　　或許這一刻的你很想放棄，很想倒下來，很想大哭一場，很想咒罵蒼天的冷漠，很想有雙肩膊讓你崩潰落淚，很想知道自己堅持下去是否有價值……

若然從來也沒有人跟你說過，那麼親愛的，我想告訴你：

　　我知道你有努力過，有真　的　真　的　努力過。

　　然後，我想請你好好記得這位一路走來，堅強至今的自己。對，是有軟弱，是有難過，是有流淚的時候，但是，這些那些從來也不是軟弱，相反，卻是你實實在在努力過的憑據。

　　我知道你有努力過，請你謹記，也請你相信。

　　　　　回憶維修師

/ 維多利亞忘

　　大概，是上年的這個時候，維多利亞因為一次意外而導致頭部重創，醫生說，某些回憶因為當刻的重擊而變得模糊了，幸好，其他身體機能也逐一的恢復。數個月康復的路不易走，但她總算跨過了。

　　出院的一刻，太陽異常的燦爛，但維多利亞總是略感不妥。

　　隨著傷口的結疤，維多利亞的生活也重回正軌，一切如常的過著曾經的日子。

　　她如常的上班加班，用年尾的賞櫻之旅來望梅止渴，復工後的維多利亞比以往更加拚搏，不知道世界多了這塊齒輪，地球又會否迅速的轉動？

　　她如常的交際應酬，但新年、聖誕、生日後的一句「快樂」，不知為何總會令她患得患失。維多利亞嘗試透過桌上人的口述，來尋回腦中消失了的歷史，但看著他支吾以對，看著她欲言又止，識趣的維多利亞索性舉杯說句萬歲。

她如常的抱頭進睡，醫生給她的安眠藥印上「需要時服」，但工作的疲倦早教維多利亞三秒入眠。臨睡著前的三秒，她疑惑著自己曾因為過甚麼而徹夜未眠？壓力？失戀？或是關於夢鄉中時常出現的不明咒語？

　　四週的物理治療終於完成了，維多利亞也重拾勇氣，換上跑鞋，獨個兒往大自然登山走走。或許是戴著口罩的關係，上山的路彷彿比以前更崎嶇，更費力。罩內的空氣侷促，一呼一吸也如被箍著了咽喉般痛苦。

　　好不容易上到山頂，維多利亞喘著氣的環觀這個似曾相識的城市。

　　趁著周遭也沒人在場，維多利亞脫下了臉上的口罩，解開了影響呼吸的束縛，再深深的呼吸，享受著這罕有的，自由的，香甜的空氣。

　　閉上眼，聽著心，竟可看到最清澈的畫面。
　　「我記起了。」維多利亞喃喃有詞的說，再順著風睜開眼，流下了屬於回憶的淚水。

　　回憶，其實不屬於過去；把它銘記，把它流傳，它便會成為我們的未來。

面對回憶，真正可怕的是刻骨銘心卻又視而不見。重要的事情，好的，壞的，美的，痛的，也值得用上一生的時間去銘記。

　　維多利亞說，病症不可能不藥而癒，對症下藥才可藥到病除。把回憶記穩重看，其實不是自虐，相反，這卻是防止悲劇重演的最佳救藥。

/回憶再倒流

我不再愛這個自己了
所以，我大概不會再說：
我會為過去堅守承諾
我會為當下好好生活
我會為未來勇敢下去

我已忘記了所流過的淚，和所經歷過的痛
拜託，請不要告訴我
但每段回憶也有它的價值哦
我想絕望，我想放棄，我想逃避，我想氣餒
這段時間，我也真的累了

請銘記於心
這是過去的每段記憶教懂我們的
「執著」
原來比起以下這個詞彙更為重要：
「放下」
我始終相信，這會漸漸成為我成長的信仰
不管你相不相信，願不願意去相信

回憶可以是養分，傷痛可以是堅壯
但是，別忘記，
可怕的回憶就是喜歡踐踏你
大概有時，你和我也會無故感慨乏力

面對傷痛，就逃避吧
過去不幸，就認輸吧
記憶來襲，就懦弱吧
因此，我真的不會再說……
我真的想從過去勇敢的站起來

　　親愛的，既然世界已經瘋狂得甚麼也可以被顛倒，那
麼這首詩，不如也顛倒一下，由最尾一句重看一次。可能
角度轉了，我們又可從回憶重獲力量了。

/意識流裸泳

男的，女的，劃分左右的便是限制；
貴的，平的，依附身體的也是阻滯。

自身的束縛也未免太多了：工作需要，交際需要，比賽需要，劇情需要，崗位需要……統統也需要你扮演著不喜愛的角色。

變了，變了，烏鴉也在模仿天鵝了；
夠了，夠了，鹿兒在馬群間快藏不了。

何時不愛遵守的你竟會需要上規矩？
何時多元色彩的你竟會飼養了斑馬？

你知道世界何時變得這麼沉悶嗎？就是在你選擇了沉悶的一刻。當你現實得看著樂園玩偶會慨嘆內裡的侷促，當你實際得在擇偶條件中刪除「浪漫」，你便註定打著呵欠過餘生。

現實要你變得現實，但想像也可令你重拾想像。

請合上雙眼，讓靈魂浮上半空，再跳進腦海內的意識流，隨心的讓意識流。

困的，假的，請統統脫掉，
塗的，裝的，也一一卸下。

於無人之境一洗鉛華，再自成一角一絲不掛，大腦的迷宮無人能闖進，你是你的王，就無拘束的潛入意識流裸泳。

在想像間，任何事情也是可能的。

世界就是你的大浴缸，浮游在銀河中暢泳，把一直抑壓的也洗淨，將揮之不去的也擦掉。不用再害怕於染缸中會不慎沾上不喜愛的油污，裸露的身體沒衣物，自然便沒有物料給染污。

回憶的確記載了很多，內疚的污垢也沉降到河床。就盡情的暢遊吧，河水能令你看清，聽清，想清，再清醒。曾經的錯怪不了誰，那就別指責岸邊的過去，就嘗試拉他

下水與他和好如初，二人在跳韻律泳，相擁時留下淚水也不要緊，眼淚會化成河流的養分，通往大海助你航行。

　　痛的，傷的，洗滌過後更快復原；
　　裂的，碎的，重整過後更見完全。

　　咕嚕咕嚕的把河床清理，浮上水面，過去的你已重回陸地，向你微笑的揮著手。後方是源頭，前方是下游，你雙手潑水向前走，一邊回味這趟邂逅，一邊感激這位戰友。

　　睜開雙眼，一身清爽。
　　即使髮尾還未乾透，但有幸和昔日暢游意識流，時間再多，難怪你也會嚷著說不夠。

/ 一世的回憶

　　有些回憶，哪怕被定時重溫，感覺和共鳴依然不會變。

　　朋友聚會，真正的主菜往往不是那中美意日韓的美酒佳餚，而是那不斷被重提，不斷給翻炒的陳年往事。總有些故事，是百聽不厭的。人齊了，安坐了，時光隧道重新開啟，通往彼此想當年的美好。

　　座無虛席，大概是因為我們工作後也需要這樣的一個晚上；高朋滿座，大概是因為席間坐滿的，是以前的你，過去的我，和曾經的大家。

　　最惹笑的戲碼，今天重演，仍然劇力萬鈞。

　　可能是某某大出洋相，可能是某某的金句名言，大家也恍如影帝影后般把往事重演，而當事人只可以苦笑陪坐，無奈搖頭。能不斷重播後仍能令觀眾們笑出眼淚，相信，這才是彼此間經典中的經典。

　　致青春的淚水，今天談及，仍然笑中帶淚。

　　神經發達的淚腺曾流過無數眼淚，今天重看，已分不清哪一滴是代表委屈，哪一滴是毫不值得，但是，每一滴

卻年輕得分外誠實。會毫不吝嗇的抒發情感，流淚懂得慶幸，那個自己⋯⋯其實是多麼的迷人。

過去式的角色，今天說起，仍然猶有餘悸。

愛上錯的人，揮霍愛的人，忽略留的人，懷緬去的人⋯⋯人情世故，也許到今天也未能掌握。席間朋友提起那名字，你裝作若無其事，但回家的路上想起舊時，心裡仍然有些在意。年輕嘛，誰沒有錯過，誰沒有，錯過。

原來，世上真的有長生不老的魔法。就是回憶，它從不過時，亦從未變老。盒子打開，時間停頓，大家又再回到那年那天，一起暢談至天荒地老。

成年後的知己聚會，總是由近況說起，提到往事，笑過鬧過後，再談到不想面對的未來。餐廳打烊了，尾聲的沉默，總是帶些唏噓，有點回甘，亦有點不捨。

明天會如何，我們也不知道。

下次聚會，可能有人攜眷，亦可能有人離座。未來的，就留給未來；最重要的，是這個晚上，我們也被共同建立的回憶感動過，快樂過。

回憶，但願重提百千遍，依然是歷久常新；
友誼，哪怕重聚千萬次，依然是始終如一。

/你和你看戲

　　如果，未來的你邀請你一起看一齣電影，你會和他說些甚麼？他也會跟你談些甚麼？

　　步進戲院，你已看到他的背影早已安座了。

　　他是未來的你，熟悉中又帶點陌生，親和間又帶點敬畏，坐在熒幕前靜候著你。

　　你帶點緊張，深呼吸一口氣後便走到他坐著的行數。近看他，發現他的輪廓和你相近，臉頰多了紋路，髮線多了銀光，但彷彿比起此刻的你更為耐看。

　　他緩緩的把視線投射在你的身上，打量了數秒，再帶點欣然的點著頭，給了你一個微笑。你們也眼淺，這是大家也知道的，難怪電影還未開始，雙方的眼眶已被時空給沾濕了。

　　你移動至他的位置，再在和他相距一個座位的椅子上坐下。

「很久不見了。」未來的你打開話匣子說：「本以為你會找個朋友或是誰陪伴一起來見我。」

你靦腆的搖一搖頭，輕聲地說：「我自己來便可以了。」

他微笑，你無語，你們也沉默了一會兒。

未來的你看著前方，淡然的說：「最近過得好嗎？」

你嘗試擠出笑容回答：「還不錯。」

他看著你雙眼說：「真的？」

你誠實的回覆：「……不。」

戲院內的燈光轉暗，未來的你看回前方熒幕的位置，閉上眼帶著微笑說：「我就知道。」

哪怕場內的燈光逐漸昏暗，但謊言也在他面前無所遁形，那是當然的，因為由小到大，大概你從來也騙不過自己。

屬於你倆的電影開始放映，一幕又一幕有發生過的畫面在你面前掠過，現在回顧，依然能觸動心房內的某些位置；一位又一位有建立過感情的角色逐一登場，你發現離開的人也未免太多了，怎麼還未殺青，他們便決定息影？

演活至今的人生就濃縮成眼前的 130 分鐘，有些錯過，有些遺憾，有些成就，有些淚流。一句「待續」，戲院內的燈再次亮起，照著席間的你和他。

「甚麼？」你衝口而出的說：「這樣便完了？然後呢？未來的我會怎樣？」

「未來的事哦，你未來自然會知道的。」未來的你從容的說：「反而我想知道的，是現在的你怎麼樣？」

你沒有回應，只是默默的看著他。

未來的你把身體靠前，放輕聲線的跟你說：「現在沒有其他人了，只有我和你，你可以誠實的告訴我了。」

你很想開口和他說：你過得不好，你吃了很多的苦，受了很多的傷，你有很努力的生活，你有嘗試堅強的站起，你有謹記童年的承諾，還有，你很害怕辜負眼前的他。

但是，你說不出口，只因你的嘴唇已顫抖得不懂說話。

「不用說了。」未來的你笑著說：「關於你的，我又怎會不知道？」他搖一搖頭，繼續說：「你呀，依然沒有變過。由你剛才第一句跟我說的話，我便知道，你還是那個你。」

你雙眼通紅的疑惑著，不明白他的意思。

「『我自己來便可以了』，是你剛剛第一句和我說的話。」他嘆了一口氣，看著你說：「你始終是硬頸的。甚麼難過的事，難過的關，也放在自己的肩膊上，從不喜歡去打擾別人，總是把最痛最苦的也留給自己承受。

但是，」他撫摸著你的臉，抹去你的淚，再溫柔的說：「別忘記，你還有我。」

你泣不成聲的看著他點頭，大概這些年來你也真的疲倦了；別怕，在自己面前，哭得像個小孩也無妨吧。

「不是每件事情也需要自己來的，你亦無需要對自己這麼苛刻。或許你不知道，但是我想跟你說，」未來的你堅定的對你說：「未來的你，有我在。」

儘管相隔著一個座位的距離，但此時此刻，你卻得到了最實在最貼心的力量。你帶著淚，帶著笑的和未來的自己道別，把票尾放在銀包的位置，再把他的說話好好放於心頭的位置。

「怎麼了，這次又是繼續坐在這裡嗎？」進來打掃的職員問。

未來的你搖一搖頭，回覆他說：「不了。看來，我也是時候離開了。」

職員掃著地上的垃圾，帶笑地說：「終於捨得放手了？那麼，就待續集上映時再光臨這裡吧。」

「不需要了，他會很好的。」未來的你把票尾放進褲袋，看著熒幕微笑說：「你看我今天便知道了。」

親愛的，這場人生的 Good Take，請你謝謝那個一直堅持至今的你。

/一切皆隨風

若要嚐盡真正的自由，你便要學懂駕馭風。

數年前的一場暴風，令你荒廢了折斷過的翼，哪怕羽毛早已長好了，陰影恐懼卻使你從懸崖後退，打消振翅的念頭，亦說服自己不再翱翔，拒絕接受先天的飛行本領。

你背負著的行裝一日一日累積，卻憑著自己的雙腿走到今天。偶爾氣餒抬頭，你會看到飛鳥掠過，然後你會反問自己到底在逃避甚麼？

鳥兒瀟灑的兩袖清風，不需護照簽證，亦無用顧慮主權領土，任何地域也可一飛而過。世界，大概是屬於牠們的，落腳的便是家，湖上劃過已靠岸，任何方向也是通往所有目的地的路，沒有要趕的時間，即使錯過晚霞，也有月色星辰作掛畫。

你很想再飛一次，很想逃脫這個世界鐵籠，很想在天空振臂吶喊……但背負的重擔如此多，試問你又怎能飛得起？

你說，它們是你的所有，放下了便會一無所有；
我說，被回憶拖著走，你只會錯過未來的更大宇宙。

放手，其實不是放開所有，而是靈活的控制手心，把沉重的看到最輕，把陰暗的引進光源，這種放手，其實是為了再度擁有。

執著，其實不是手執著痛，而是明白生命中甚麼是值得抓實，捉緊人情，捉緊勇氣，捉緊生而為人的原則……就是因為手心擁有，我們才懂握緊拳頭，一氣呵成的向前走。這種執著，其實是為了珍惜擁有。

風起了，就跟我一起飛吧。

我們也是鳥人，別辜負背上的翅膀，也別因為成了大人，而忘記了懂得飛翔的本能。從天俯瞰，街道高樓也不過是幾何，雲層的交替才算立體。失重的感覺是久違的，而急速的心跳和微笑，也和你重溫活著的奇妙。

親愛的，請閉上雙眼放縱的飛，身心交給天空，過去的也一切隨風。

下一次著地，但願你會是全新的自己。

/ 見字請勇敢

　　有些字提你坐直，有些字提你飲水，那麼這本書的文字就是要提你勇敢面對。

　　若然你相信文字，那麼你定會相信文字可以存放記憶，可以記載感情；有些筆劃會勾起你的回憶，再撩動你的心跳，有些句子重組過後，角度一轉，你也會驚訝自己曾經的執著，和今天的成長；有些填充今天重做，被濫用的詞彙再不適用，年月令你學懂新的形容，空白上的新答案，便是你自己給自己的一種醒覺。

　　有些人會執筆忘字，亦有些人會執著於忘記往事。

　　剛來世界報到的出世紙，令你變得更強的疫苗紀錄，不合格的測驗卷，手冊尾頁的家校通訊，附送鎖匙的私人日記，捱更抵夜的考試筆記，校服背後的那句珍重，情竇初開的纏綿情書，發乎禮貌止於愛的分手信，踏出社會的工作合約，摯友婚宴迎賓桌上的簽名，知己長輩白信封上的敬輓，承諾終身的結婚證書，要你學懂向至親說聲再見

的死亡證，子女怎樣模仿也不會相似的家長簽署，再到手擅寫下的一句功德圓滿⋯⋯

每一段曾經也烙印在屬於你的人生故事裡，就是因為一字一句也是白紙黑字，每當回顧時，也不輪到你拒絕承認。

對啊，有些錯失，有些遺憾，有些可惜，現在回眸依然會心跳加速，但是你可曾想過，如果過去沒有這些伏筆，今天的你或許也不會擁有此刻的各種值得，而未來的美好也不會變得順理成章。

未完的文字，懇請你繼續執筆嘗試，過去的交叉毫不羞恥，卻是笑中帶淚的成長睿智。

每段寫下的文字也有著它存在的意義，而每段真跡也記載了你和他們的相識。

直視它，閱讀它，珍惜它。

見字如見心，
坐直昂然，飲水思源。
聆聽回憶的聲音，
見字的人請勇敢。

postscript

———————

後記

後記 | 回憶維修師

「滴，滴，滴……」

在等候的時間，牆上的掛鐘發著有規律而又擾人的聲音。

「Joe，我們看過你的故事了。」出版社的編輯手執著我的手稿說：「行文是有點沙石，但故事題材尚算是新鮮的。」

我輕輕的點頭，留心的聆聽著。

編輯托一托眼鏡，再看著我說：「但是，在商言商，你認為你的作品能否賣紙？」

我吞下口水，思考了一會兒，再看著他堅定的說：「我明白這是我的第一部作品，但是，我有信心。」

　　編輯聽後點一點頭，再脫下眼鏡豪邁的說：「好！既然你這樣說，我們便試一試吧！」

　　我情不自禁的露出了微笑，再感激他說：「謝謝你，我會努力的。」

　　編輯從影印機抽出一份文件，放在我的面前說：「那麼，就請你再細閱一次合約的條款，看一看有沒有需要修改的地方。」

我拿起這輕巧卻又沉重的出版合約，認真的閱讀過後，再向編輯說：「沒問題了。」

　　「很好，沒問題的話，就在尾頁右下角簽署。」編輯一邊說，一邊在凌亂的檯面上翻查著：「不好意思，讓我先找一枝筆給你簽名。」

　　「不用了。」我微笑說：「我自己有帶筆。」

　　我從西裝內側的口袋，掏出了一枝玫瑰木鋼筆，再在第 14 頁的右下角，簽下這個屬於我的，也是獨一無二的名字。

　　「合作愉快。」編輯站了起來，笑容燦爛的伸出右手。我也連忙站起，看著他雙眼與他握著手說：「合作愉快。」

　　在我正準備離開之際，編輯向我說：「啊，還有一件事情。」他坐回工作椅上，交叉著雙手問：「除了《回憶維修師》，你會想為你的作品起一個英文書名嗎？」

　　我把鋼筆放回口袋，看著牆上掛鐘的時分針想了一會兒。

「就這個吧，」我向編輯微笑著說：

「Me, Mory & Memory」

結 語 |

　　若然，世上真的有回憶維修師，你會前去拜訪一趟，再給破損的回憶給逐一修復嗎？

　　躺於椅上，閉上雙眼，當太陽穴上的晶片發出淺黃色的光，你第一幕看到的美好會是甚麼？然後呢？逐漸迫近的深層恐懼又會是甚麼？回憶的聲音充斥著哪些對白？現在重聽還會痛嗎？裝置投影出來的是哪個階段的自己？　還記得他為甚麼而哭嗎？他孤獨嗎？他需要陪伴吧？你呢？你有勇氣上前和他傾訴嗎？那聲「謝謝」說出口時，你又會欣然接受嗎？

　　大概，2020 年在我們的人生回憶錄中，是不願記錄的一章。這一年，我們失去了很多，當中無可挽回的亦不少。

　　曾以為周遊列國是必然；曾以為三五成群是必然；
　　曾以為通宵暢飲是必然；曾以為對目而笑是必然……

然後，今天的我和你忽爾覺悟，很多我們大半生視作必然的，原來也如新鮮的空氣般變得罕有，就是要到失去了，我們才終於知道擁有時的珍貴。

　　2020 年，我們失去了很多，但從中我們並沒有得到過甚麼嗎？ 或許，這一年就很多人而言也是回憶中的污點，但某天當我們回到曾經，親手把污點擦去時，原來陰影背後埋藏著的，是這段時間我們從失去，從痛楚，從淚水換來的一種提醒：珍惜。

　　原來，把得到的扣除失去的，餘下來的就是成長。

　　來年，世界會變得更壞更好，沒有人會知道，但唯一可以肯定的是，你和我也要活得更好，變得更好，才可抵禦周遭的殘酷。

　　我們，就在這裡約定吧！

世界崩壞，我們的善良更不可瓦解；
呼吸有害，我們更要活得可愛。

大概，未來會有更多令人氣餒的時候吧，但請你缺乏
力氣時也不要忘記：

我們，還有彼此；
而你，就是自己的回憶維修師。

活好，共勉，見字振作，見字勇敢，
見字，請微笑。:)

最後，容許我以早前於社交平台向各位收集的「一句至今回想仍會會心微笑的說話」作閉幕， 願他們的心聲成為你的力量，也願這本書的文字成為你繼續步前的營養，天色昏暗仍要勇於想像，堅守心內的信仰：

你是最好的　　有任何事就找我

信命不

你笑的時候很好看

一切都是最好的

我知道真心話很難說和

永遠也會有人覺得你

你很美麗　我相信你　　I a

You are the best

我等你回來，多久t

想起你了，　　你已經

最近怎樣　　雖然成績未如

謝謝你

命 我知道你一直很努力

Talk to me coz my part time job is to cheer you u

想，但謝謝你說了出來

好，而你亦不可能滿足到所有人

ays have your back

你很好 你很英俊

的好 請把傷口交給我

想，但千萬不要後悔，繼續努力

做好自己認為好的便好

Manner makes the man

別要忘記自己

你很溫柔

我懂你我明白

You only live once

你是

見字飲水

媽媽在，

謝謝你陪我走了人生最艱難的

見到你開心

我不擔心

我便開心了

無論前面的路有多難

要釋放，才會感到真正的舒暢

你傾談後，感覺好多了，謝謝你

麼要開始　Be yourself be uniqu

別怕，有我在

，我當然站在你那一邊

你要對自己好一些

要怕 欣賞你的真

路

我以後想過的生活，畫面也有你

，就怕你從此不能振作起來

我不介意你找我

，總會見到出口的一天

你是我的vip　　你真的很幫

就算全世界都不要你，我也會站在

加油　有我在　盡

給多一點信心自己

我遇見你是我這世最幸運的事　看

無論你的決定是甚麼，我也會支持

有你一齊chur，多辛

別怕不一樣　你

你不要收收埋埋，
有甚麼事要跟我說

考試成績如何不緊要，無論

有你在真是很好

，陪着你　　一直等你

便可　好好珍惜現在活下去的時間

有我在便不用怕　　即使人生很難，
只要快樂面對便好了

你這麼努力我都很有動力

如果最後失敗了，我也會接著你

得住　看見你這樣我會心痛的

歡笑和吵鬧聲是最美的樂章

為別人不好的說話而否定自己

條路怎樣，我也會陪你走下去

現在機會在你面前，何不好好把握？

經歷了就不

既來之則安之

我會一

別想

各有前因莫羨人

人類為甚麼可以進步，就是想盡辦法去突破自己的

有甚麼事，

也讓我

隨時打給我

你有你的魅力之處

因為我知道你可以

我相信你

我們是一

I love you therefore you are g

Stay weak, I'll acc

我當你覺得自己做到，

因世上的摯愛，是

你便真的做得到

當你體會過痛苦，你便有能力

悔，後悔的是錯過了

陪伴你左右　　夜了，快回家

太多

無論發生甚麼事，我也會支持你

點

起沉淪，因為你不是孤單一人

要看低自己

你很棒，

我信你

我一直都在你身邊陪着你

人

即管哭吧

我相信你的能力

t whoever you are

件

在日後可能會遇上很多困難，但記得有一個人會支持你，為你分擔

柔地安慰同樣身處在患難中的人

別怕不一樣
ISBN 978-988-8481-63-7 / HKD$88.NTD$350

我傷故我在
ISBN 978-988-8605-77-4 / HKD$98.NTD$380

在相遇與別離之間
ISBN 978-988-8605-44-6 / HKD$88.NTD$350

花與花語 ① —— 傷口處，長出的那朵花
ISBN 978-988-8716-00-5 / HKD$98.NTD$380

α enlighten 亮
&fish 光

書　　　名：回憶維修師
作　　　者：唐啟灃

出　版　社：亮光文化有限公司
　　　　　　Enlighten & Fish Ltd
社　　　長：林慶儀
編　　　輯：亮光文化編輯部
設　　　計：亮光文化設計部
地　　　址：新界火炭坳背灣街61-63號
　　　　　　盈力工業中心5樓10室
電　　　話：(852) 3621 0077
傳　　　真：(852) 3621 0277
電　　　郵：info@enlightenfish.com.hk
網　　　址：www.enlightenfish.com.hk
面　　　書：www.facebook.com/enlightenfish

二零二零年十二月初版
二零二一年六月二版

I S B N　978-988-8716-18-0
定　　　價：港幣九十八元
　　　　　　新台幣三百八十元

法律顧問：鄭德燕律師